我的第一堂西語課

最實用！從零開始馬上開口說的西語教材！

游皓雲、洛飛南（Fernando López）　合著

18 年的經驗，讓您的從零到一更簡單

接觸西班牙語18年了，18年前什麼都不會，從發音開始學，現在角色從學習者變成教學者，還在新竹自己開了一間語言中心。學習這個語言該遇到的困難、該撞過的牆、該走過的冤枉路，我都算是經歷過了。

自己開語言中心教西語的初衷，就是希望能夠將自己走過的冤枉路，轉化為教學設計的養分，幫助學習者用更有效、有樂趣的方式來認識這個美麗的語言。而寫這本教材的初衷，就是希望無法來新竹上課的學習者，透過這本書，也能靠著自己高效學習西語。

在教學的這些年，發現台灣學習者使用的教材，大多還是西班牙當地編寫、針對西方人設計的全西語教材。台灣零起點學習者打開人生中的第一本西語課本，就像無字天書，跨出第一步的門檻，很高。

因此在開始教西語之後，我一直都給零起點的學生自編講義，以我自己學習歷程中的體會去揣摩，用怎麼樣的呈現方式，最能讓中文母語的學習者快速吸收。這本教材，在發音、動詞變化、例句編排、主題選擇上，都是融合多年教學經驗之後做出的特殊安排。

以發音來説，在課堂上，學生45分鐘之內就能掌握所有發音，第二個小時的課程開始，學生就能夠看著全新沒學過的生詞，靠自己學會的發音規則把生詞念出來，正確率80%以上。快速培養基礎發音能力的方法，就是跳過字母，直接從「子音＋母音」的組合開始，搭配經過設計、有系統的練習方法，45分鐘綽綽有餘。這樣看似簡單的體會和教學邏輯，其實也是在我自己多年來學了四、五種

第二外語，以及觀察上千位學生的學習過程，一次又一次地調整，慢慢建立出來的，透過這本教材，自學者一樣能夠這樣練習。

　　而相對於簡單的發音，西語的動詞變化就是眾多學習者的痛點了。西語每一個動詞變化看起來都像新的生詞，因此全西語、且課文當中充滿不同動詞的初學教材，就會造成閱讀處處是障礙。這本教材，將每一課的動詞控制在3個以內，先讓學習者好好習慣「西語是有動詞變化的」這件事，搭配有主題且有關聯的生詞、結構單純且相似度高的例句，讓學習者大量反覆至「動詞內化為自然反應」為止。當「動詞內化為自然反應」之後，要再代換新的動詞，難度自然就低了。

　　至於例句和主題的選擇上，使用台灣學習者熟悉的「中性情境」，像是買飲料、點餐、跟朋友見面、安排週末行程等等，在初學階段，學習者只要掌握通俗的基本款內容即可，十幾個西語國家的特殊用字、說話方法等等，可以等到基礎穩固之後，再依照個人不同的需求選擇性學習。

　　最後，針對只能利用零碎通勤、做家務時間學習的忙碌學習者，特別製作中西對照的雙語錄音檔，一句西語一句中文，讓學習者就算無法拿著書對照，直接聽音檔跟著反覆練習句子和對話，偶爾有空再拿書出來對照，一樣能有不錯的學習效果。

　　誠心希望這本教材，能幫助對西班牙語有興趣的您，在從零到一的這個階段，走得順暢而有成就感。

游皓雲

新竹雲飛語言文化中心創辦人

游皓雲

Diversión, el motor del aprendizaje
興趣，就是學習的最佳動機

Cada vez que empezamos un nuevo grupo de español en nuestra escuela, siempre preguntamos el motivo por el cual quieren aprender la lengua. La motivación para estudiar el idioma varía en cada persona, ya sea por trabajo, negocios, turismo, estudio, hacer nuevos amigos o por diversión.

Sin embargo, por increíble que parezca hemos notado que la gran mayoría quiere aprender por diversión. Lo que nos motiva a hacer nuestras clases amenas y crear un ambiente relajado donde los estudiantes puedan aprender y practicar el idioma.

En clase utilizamos juegos de mesa, aplicaciones de teléfono, dinámicas de grupo, etc. Nuestro estilo se ha caracterizado por enseñar de forma práctica con situaciones de la vida real. Hemos recibido mensajes de nuestros estudiantes al viajar por España o Latinoamérica, expresando la satisfacción que sienten al poder comunicarse en español con las personas locales.

Nos han escrito con agradecimiento por haber practicado diferentes diálogos, por haberles ayudado a perder el miedo a hablar. Cada vez que leemos esos mensajes, nos emocionamos y sentimos satisfacción por haberles ayudado a tener nuevas y lindas experiencias.

Como maestros, uno de los problemas que encontramos es la falta de un material adaptado a las necesidades de los chino hablantes. Que se enfoque en temas prácticos. Con ejercicios adaptados a su realidad con los cuales se puedan sentir identificados y que beneficien el aprendizaje.

Por lo que nos hemos dado a la tarea de escribir el presente material. Para guiar a los estudiantes en sus primeros pasos, ayudándoles a practicar expresiones y gramáticas de forma sencilla pero eficiente. Con diálogos y ejercicios prácticos y basados en situaciones reales, para facilitar el aprendizaje.

Para ayudar a los estudiantes a mejorar su aprendizaje, hemos grabado las oraciones y diálogos tanto en español como en chino. De tal forma que los estudiantes puedan escuchar y repetir las oraciones, sabiendo el significado de lo que están diciendo. Y que puedan escuchar incluso cuando hagan ejercicio o se encuentren conduciendo. Es decir, aquellas ocasiones en que el estudiante no tenga el libro a la mano.

Para aquellos con deseos de iniciar el estudio del idioma español, esperamos que este libro les ayude a tener la independencia necesaria para disfrutar al máximo del aprendizaje de forma amena, práctica y eficiente. Es nuestro mayor deseo.

每次新班開課，我們一定會問學生為什麼要學西語，原因不外乎工作需求、商務需求、觀光、出國求學、交外國朋友，或是興趣培養。

統計之後，出乎意料之外，「興趣培養」這個學習動機，所佔比例最高，因此我們這幾年教學，一直致力於將課程設計得歡樂有趣，並創造輕鬆的學習氣氛。

我們的教學常搭配桌遊、APP互動、動態活動，力求實用、貼近生活。學生到西班牙、拉丁美洲去旅行時，還常私訊我們，他們如何用西班牙語和當地人溝通。他們總說還好上課時大量練習口說，讓他們不怕開口。每次接到這樣的訊息，知道西班牙語幫助了他們，就非常滿足！

然而，我們教學上所面對的問題，是市面上很缺少「針對中文

母語者」所設計的、符合生活情境、好吸收的實用教材。

　　因此，我們寫了這本書，希望能夠幫助初學者輕鬆跨出第一步，用簡單有效的方式來練習表達和文法。我們編寫的對話和課後練習題，也盡量貼近台灣學習者的生活情境，讓學習更簡單。

　　另外，為了提高學習效果，本教材的錄音採中西雙語進行，一句西語一句中文，以便學習者能夠在運動、開車時，就算不方便把書帶在手邊，也能利用零碎時間跟著反覆練習，同時清楚了解每一句話的內容。

　　我們誠心期待，這本教材能夠幫助所有想要自學西語的朋友，享受輕鬆愉快、實用有效的學習過程。

新竹雲飛語言文化中心共同創辦人
洛飛南（Fernando López）

如 何 使 用 本 書

作者親錄 MP3

跟著西語發音和朗讀 MP3，認真聽、開口念出標準好聽西語。特別加錄逐句中譯對照，出門不帶書也好聽好學。

搭配動詞

能與生詞搭配使用的基礎西語動詞，立即使用好簡單。

主題生詞

關鍵主題生詞，搭配生動插圖，讓你好學好記。

動詞變化表格

表格化整理，讓西語現在式6個動詞變化一目瞭然。

句型公式

特別標示肯定句、否定句、疑問句公式，加強記憶力。

可能使用情境

貼心整理句型可能使用情境，想實際運用時，更容易上手。

豐富例句

利用主題生詞搭配該課動詞編寫的超豐富例句，增進生詞和句型的記憶，反覆練習至內化為自然反應為止。

---

2. 某人不買_____。（否定句）

人稱 + no comprar 動詞變化 + postre（點心）.

> (Yo) no compro chocolate. 我不買巧克力。
> (Tú) no compras caramelo. 你不買糖果。
> (Usted) no compra helado. 您不買冰淇淋。
> (Nosotros) no compramos gelatina. 我們不買果凍。
> (Vosotras) no compráis waffle. 妳們不買鬆餅。
> (Ellas) no compran palomitas de maíz. 她們不買爆米花。

* 否定時不需要加冠詞，例如我們不說「Yo no compro un helado.」（我不買一個冰淇淋）。

3. 某人要買_____嗎？（肯定疑問句）

¿Querer 動詞變化 + comprar 原形動詞 + postre（點心）?

（可能使用情境：
1. 跟朋友一起逛超市或商店街，問對方要不要買這個吃的。
2. 自己在逛街，打電話問朋友要不要買個吃的。）

> A: ¿Quieres comprar helado? 你要買冰淇淋嗎？
> B: Sí, quiero comprar helado. 要，我要買冰淇淋。
> A: ¿Quieres comprar flan? 你要買布丁嗎？
> B: No, no quiero comprar flan. 不要，我不要買布丁。
> A: ¿Quieren comprar palomitas de maíz? 他們／她們／您們要買爆米花嗎？
> B: Sí, quieren comprar palomitas de maíz. 要，他們／她們要買爆米花。
> B: Sí, queremos comprar palomitas de maíz. 要，我們要買爆米花。
> A: ¿Quiere comprar gelatina? 他／她／您要買果凍嗎？
> B: Sí, quiere comprar gelatina. 要，他／她要買果凍。
> B: Sí, quiero comprar gelatina. 要，我要買果凍。
> A: ¿Quieres comprar waffle? 你要買鬆餅嗎？
> B: Sí, quiero comprar waffle. 要，我要買鬆餅。

ochenta y ocho 88

> A: ¿Quieren comprar azúcar? 他們／她們／您們要買糖嗎？
> B: No, no quieren comprar azúcar. 不要，他們／她們不要買糖。
> B: No, no queremos comprar azúcar. 不要，我們不要買糖。

4. 某人不要買_____嗎？（否定疑問句）

¿No querer 動詞變化 + comprar 原形動詞 + (postre) 點心 ?

（可能使用情境：
1. 大家都買吃的，但對方不要買的時候。
2. 平常對方會買某個甜點，今天突然反常不買，出乎說話者意料之外。）

> A: ¿No quieres comprar chocolate? 你不要買巧克力嗎？
> B: No, no quiero comprar chocolate. 不要，我不要買巧克力。
> A: ¿No quiere comprar caramelo? 他／她／您不要買糖果嗎？
> B: No, no quiere comprar caramelo. 不要，他／她不要買糖果。
> B: No, no quiero comprar caramelo. 不要，我不要買糖果。
> A: ¿No quieren comprar pan? 他們／她們／您們不要買麵包嗎？
> B: Sí, quieren comprar pan. 要，他們／她們要買麵包。
> B: Sí, queremos comprar pan. 要，我們要買麵包。
> A: ¿No quieres comprar bizcocho? 你不要買蛋糕嗎？
> B: Sí, quiero comprar bizcocho. 要，我要買蛋糕。
> A: ¿No queréis comprar chicle? 你們不要買口香糖嗎？
> B: No, no queremos comprar chicle. 不要，我們不要買口香糖。
> A: ¿No quieren comprar queso? 他們／她們／您們不要買起司嗎？
> B: Sí, quieren comprar queso. 要，他們／她們要買起司。
> B: Sí, queremos comprar queso. 要，我們要買起司。

ochenta y nueve 89

四　Diálogo　即學即用

(一) Dos amigos van de compras juntos.
兩個朋友正要一起去買東西。

▶ MP3-33

A：¿Qué quieres comprar?　　　你要買什麼？

B：Quiero comprar pastel y fruta.　　我要買蛋糕和水果。

A：¿Te gusta el pastel?　　　你喜歡蛋糕嗎？

B：Sí, me gusta el pastel.　　　對，我喜歡蛋糕。
　　Y tú, ¿qué quieres comprar?　　你呢？你要買什麼？

A：Yo quiero comprar helado.　　我要買冰淇淋。
　　¿Quieres comer helado?　　　你要吃冰淇淋嗎？

B：No, no me gusta el helado, gracias.　不要，我不喜歡冰淇淋，謝謝。

A：¿Qué quieres comer?　　　你要吃什麼？

B：Quiero comer flan.　　　我要吃布丁。

A：¿Te gusta el flan?　　　你喜歡布丁嗎？

B：Sí, me gusta el flan.　　　對，我喜歡布丁。

即學即用

綜合前面所學，設計完全符合本課程度的情境對話，有基礎生字，就有對話能力。

課後練習

吸收完全課的學習內容後，快來打鐵趁熱，將學習內容融會貫通。

五　Los ejercicios　課後練習

(一) Lea las siguientes listas de compra y conteste las preguntas.
請閱讀以下四個人的購買清單，並回答問題。

Silvia
1 pan 1個麵包
4 quesos 4個起司

Charles
6 palomitas de maíz 6份爆米花
4 gelatinas 4個果凍

Miyuki
10 chicles 10個口香糖
10 flanes 10個布丁
1 pastel 1個蛋糕

Luigi
2 pasteles 2個蛋糕
10 frutas 10顆水果

1. ¿Qué compran ellos? 某人買什麼？

Ejemplo:
例：¿Qué compra Miyuki? Miyuki 買什麼？
Miyuki compra 10 chicles, 10 flanes y 1 pastel.
Miyuki 買 10 個口香糖、10 個布丁和 1 個蛋糕

貼心範例

貼心提供答題範例，提示你已經學會的句型，讓你測驗不緊張。

Respuestas 解答

解答別冊

為了方便讀者核對答案,特別將解答獨立成別冊,對答案不用再將書本翻來覆去。

（二）**Escriba y diga los siguientes números.**
練習寫／說出以下電話號碼。

1. cero, nueve, siete, cinco, tres, seis, siete, siete, siete, uno
2. cero, tres, cinco, seis, siete, ocho, seis, siete, cero
3. cero, cuatro, dos, cinco, dos, seis, siete, ocho, nueve, cero

（三）**Escriba los siguientes números.** 練習寫出以下數字。

1. 400
2. 6,500
3. 23,386
4. 924
5. 79

Lección 2 Saludos: Iniciando una conversación, palabras claves.
第二課　問候：會重點字,就能打開話題

（一）**Conteste las preguntas en español según las fotos.**
看圖以西語回答問題。

1. No, Miyuki no está nerviosa. 不,Miyuki不緊張。
2. No, Luigi no está cansado. 不,Luigi不累。
3. Sí, Frank es ingeniero. 是,Frank是工程師。
4. No, Frank y Miyuki no son vendedores. 不,Frank和Miyuki不是業務。
5. No, Silvia y Luigi no son estudiantes. 不,Silvia和Luigi不是學生。
6. Luigi es vendedor. Luigi是業務。
7. Luigi está bien. Luigi很好。
8. Silvia es maestra. Silvia是老師。
9. Miyuki está feliz. Miyuki很高興。
10. Silvia está enferma. Silvia生病了。

2 dos

清楚標示

將每課、每大題用大小、字型標明出來,找尋答案一目瞭然。

貼心中譯

解答特別附注中文翻譯,對答案的同時也能增進西語理解力。

目次

Aprendiendo desde cero
從零開始學這些最快

Comiendo y bebiendo en el extranjero
出國一定要吃吃喝喝

Lección 0

Introducción: Información y pronunciación básica del idioma español.

入門：
西語背景介紹與
極簡發音

本課學習目標：

- ✔ 對西班牙語背景有基礎了解。
- ✔ 認識西語字母。
- ✔ 掌握基礎發音規則。

在開始學習之前，先來想想自己屬於哪一種學習者。

＊如果您自認是屬於按部就班型的學習者：

建議您跟著本書的順序，從發音規則開始，一課一課跟著走，相信您可以穩紮穩打學好基礎。

＊如果您自認是屬於能容忍模糊的學習者：

也就是您在「不確定意思、不知道發音規則的情況下，也可以自在地跟著念、跟著說」，或是「不介意先跳過細節部分，喜歡先了解這個語言的全貌」的學生，建議可以從下一課開始直接進入正題，從西語的數字開始學西語。等到會講一些字之後，再回來理解發音規則，也是一種很好的學習方式，而且發音可能會更自然喔！

學習時數：2～3 小時

一 Conocimiento Básico del Idioma Español 西班牙語學前基本認識

（一）使用人口

　　根據維基百科，依照全球語言使用人數總數來計算，世界前3大語言分別是中文、西班牙語、英語。

　　學好西班牙語，加上我們的母語中文，其實就已經可以在很多國家走透透了。如果您的英語也還不錯的話，您就能掌握世界前3大語言了。

（二）使用國家

　　世界上以西班牙語為官方語言的國家有：墨西哥、哥倫比亞、西班牙、阿根廷、秘魯、委內瑞拉、智利、厄瓜多、瓜地馬拉、古巴、玻利維亞、宏都拉斯、巴拉圭、薩爾瓦多、尼加拉瓜、哥斯大黎加、巴拿馬、烏拉圭、赤道幾內亞、菲律賓、波多黎各。

　　22個國家當中，右圖標示特殊色的6個國家（瓜地馬拉、多明尼加、宏都拉斯、巴拉圭、薩爾瓦多、尼加拉瓜）都是我們的邦交國，而其他國家也有很多台商在當地做生意。因此，學習西班牙語，對商業、政治這兩個工作領域的發展，都很有幫助。

（三）各國西班牙語的差別

　　每個國家的西班牙語，在用字、發音上，多少都有點不同，就像台灣和中國各個地方的中文口音也有差異，但都能互相溝通。所以不管和哪個國家的老師學習西班牙語，都可以放心學習。

　　講西班牙語的國家有22個，不必執著於哪個國家的西班牙語最標準，反而是要將專注力擺在「如何不受口音影響，自在地與各國人士溝通」，這才是學習西班牙語美麗、有趣的地方。

（四）拉丁語系

西班牙語、法語、義大利語、葡萄牙語都是拉丁語系的語言，常有人問：「這些語言是不是很像？」

個人的經驗是西班牙語和義大利語最相近，常看到一個西班牙人和一個義大利人分別用自己的母語，可以一起聊個半小時溝通無礙。這兩種語言的相似度，大概有一點像中文和台語的感覺。

其實上述這4個語言的拼寫、發音、文法邏輯，都有很多類似之處。一個西班牙語學到中高級程度的學習者，看到其他3個語言的文字，即使完全沒學過，還是可以猜到30%～60%的意思，所以學好西班牙語，接下來要學其他的3種語言都會快很多。

二　El alfabeto y el sistema fonético　字母及發音規則

（一）字母介紹

　　西班牙語共有27個字母，其中26個字母與英語相同，再加上「ñ」這個英語沒有的字母。

　　「ch」、「ll」、「rr」是由兩個字母組合而成的發音，可以獨立把它們記起來，但不算在現代字母表當中。

（二）字母表

1. 母音 ▶ MP3-01

　　右頁上方是西語的總字母表，建議初學者只要先快速看過一次，知道有哪些字母即可，暫時不必去記「每個字母本身的發音」。反倒是可以先練習右頁下的「發音組合表」，即每個「母音＋子音」的組合，這樣可以很快開始講一些簡短的對話。

　　很多初學者會花很多時間把「字母本身」的念法背下來，但其實把這些背下來，只能用來告訴別人名字、地名怎麼拼而已，對於對話能力比較沒有即時的幫助，所以建議可以等到有一點對話能力之後，再慢慢背就好。

　　每個母音只會有一種發音，完全規則。

字母	發音
A a	a
E e	e
I i	i
O o	o
U u	u

2. 總字母表

字母	發音	字母	發音	字母	發音
A	a	J	jota	R	ere
B	be	K	ca	RR	erre
C	ce	L	ele	S	ese
CH	che	LL	elle	T	te
D	de	M	eme	U	u
E	e	N	ene	V	uve
F	efe	Ñ	eñe	W	uve doble
G	ge	O	o	X	equis
H	hache	P	pe	Y	i griega
I	i	Q	cu	Z	zeta

3. 發音組合表（一）：完全規則的「子音＋母音」 ▶ MP3-02

以下列出18個完全規則的「子音＋母音」組合。

B	CH	D	F	J	K
ba	cha	da	fa	ja	ka
be	che	de	fe	je	ke
bi	chi	di	fi	ji	ki
bo	cho	do	fo	jo	ko
bu	chu	du	fu	ju	ku

L	LL	M	N	Ñ	P
la	lla	ma	na	ña	pa
le	lle	me	ne	ñe	pe
li	lli	mi	ni	ñi	pi
lo	llo	mo	no	ño	po
lu	llu	mu	nu	ñu	pu

R	S	T	V	Y	Z
ra	sa	ta	va	ya	za
re	se	te	ve	ye	ze
ri	si	ti	vi	yi	zi
ro	so	to	vo	yo	zo
ru	su	tu	vu	yu	zu

4. **發音組合表（二）：「c」、「g」這兩個字母，加上「a」、「o」、「u」時是一種發音，加上「e」、「i」時，又是另一種發音，以下列表整理。**

c＋a、o、u時，發音與k相同	c＋e、i時，發音與z相同
ca=ka	ce=ze
co=ko	ci=zi
cu=ku	

＊ 在大部分拉丁美洲國家，「ce、se、ze」發音相同，「ci、si、zi」發音相同；但在西班牙，「ce、ze、ci、zi」這幾個音，會把舌頭稍稍伸出來一點，類似英語「th」發音的嘴形，同樣的音依地域略有差異，但這些發音都是對的。建議初學者先把「ce、se、ze」想成一樣的發音，也把「ci、si、zi」想成一樣的發音即可，等到稍有程度之後再慢慢分辨口音。

g＋a、o、u時，發音類似中文的ㄍ	g＋e、i時，發音與 j 相同
ga	ge=je
go	gi=ji
gu	

5. 發音組合表（三）：需要獨立記憶的4個組合

　　由於這4個組合，中間的「u」不發音，建議獨立記憶，把3個字母想成一個發音，之後在念單字的時候會比較輕鬆。

gu＋e、i	qu＋e、i
gue	que=ke
gui	qui=ki
中間的「U」不發音	中間的「U」不發音

6. 其他特殊情況的子音

(1) 「h」永遠不發音。

(2) 有「w」、「x」的單字通常是外來字，非常少，且通常會直接用英語發音，如「whisky」，初學者暫時不必特別練習這兩個字母的發音。

(3) 「b和p」、「d和t」這兩組字母的發音非常接近，但是中文沒有可以完全對應的發音，建議先不要去分析細節，盡量模仿母語者的發音，慢慢就會越說越接近標準的發音。

7. 關於打舌音

(1) 「r」只有在單字的開頭時需要打舌；在單字的中間則發音類似英語的「r」，不用打舌。

(2) 「rr」不管出現在單字的哪裡，都要打舌。

(3) 打舌音有些人天生就會，有些人需要長時間練習。初學者念不清楚是很正常的，如同外國人初學中文時「ㄓ」、「ㄔ」、「ㄕ」不會短時間內

就分得很清楚，但不影響溝通。建議可以每天洗澡時含水抬頭練習，或是睡覺前躺著練習，讓舌頭感覺在嘴巴裡面不同位置所發出的聲音。

8. 判斷重音位置 ▶ MP3-03

(1)分音節

每個音節包括至少一個母音。

看到新單字時，可以一邊念單字一邊拍手打節奏，可以自然斷開的地方，通常就是一個音節。

把音節一段一段分開畫線畫出來，即可清楚看出每個字的音節，以下舉例。

例1：「hola」（你好）這個字，可分為ho、la共2個音節，每個音節包括一個母音，剛開始練習讀新單字的時候，可以試著畫2段底線：ho la

例2：「amigo」（朋友）這個字，可分為a、mi、go共3個音節，每個音節包括一個母音，剛開始練習讀新單字的時候，可以試著畫3段底線：a mi go

例3：「computadora」（電腦）這個字，可分為com、pu、ta、do、ra共5個音節，每個音節包括一個母音，剛開始練習讀新單字的時候，可以試著畫5段底線：com pu ta do ra

(2)看單字的最後一個字母

如最後一個字母是a、e、i、o、u、s、n其中任何一個，則重音是倒數第二個音節，重音要念得像中文的「一聲」。

▷ 例：（畫線部分念中文的一聲）

hola	你好
bueno	好（陽性）
buena	好（陰性）
chico	男生

| chica | 女生 |
| señora | 太太 |

如最後一個字母不是a、e、i、o、u、s、n其中任何一個，則重音是最後一個音節，這時重音要念得像中文的「四聲」。

▷ 例：（畫線部分念中文的四聲）

señor	先生
celular	手機
hotel	飯店
hospital	醫院

(3)**單字中本來就有寫重音符號時，就不用看最後一個字母，也不用算音節來判斷重音。重音就直接念在那個有重音符號的音節上。**

▷ 畫線部分，重音如果不是最後一個音節就念一聲，例：

música	音樂
teléfono	電話
excúsame	不好意思

▷ 如果是最後一個音節就念四聲，例：

café	咖啡
avión	飛機
Taiwán	台灣
Japón	日本
Perú	秘魯
televisión	電視

Los ejercicios　課後練習

（一） Busque la sílaba fuerte　重音判斷練習

請看以下單字，並練習以下三個步驟

(1) 分音節：把每個音節分段畫線

(2) 判斷重音位置：看最後一個字母，是否有a、e、i、o、u、s、n其中一個。如果單字本身已有重音符號，就不用看最後一個字母。

(3) 判斷要念一聲還是四聲：標出重音的音節在最後面即念四聲，不在最後面即念一聲。

這些單字目前都不需要背，在本書中後面的章節都會逐課出現，在本課只要專心在發音練習、把單字清楚講出來，並練習快速判斷重音位置即可。

重音位置的判斷只有在初期比較花腦力，練習10~20個單字之後，看到單字就可以漸漸自然反應了。

西語單字	中文翻譯	西語單字	中文翻譯
cuatro	四	yogur	優格
cinco	五	chocolate	巧克力
leche	牛奶	autobús	公車
agua	水	joven	年輕
cargador	充電器	librería	書店

Lección 1

Números: Diciendo número de teléfono y entendiendo precio.

數字：講電話號碼、聽懂價錢

本課學習目標：

- ✔ 能自己用前一課所學的發音規則唸出數字的發音。
- ✔ 能講出數字 0 ～ 100 萬。
- ✔ 能講出自己的手機號碼。
- ✔ 能問別人的電話號碼。

Los números 0～10 數字0～10

▶ MP3-04

0	cero		
1	uno	6	seis
2	dos	7	siete
3	tres	8	ocho
4	cuatro	9	nueve
5	cinco	10	diez

（一）請說以下手機號碼：

▷ 0956006023　　cero, nueve, cinco, seis, cero, cero, seis, cero, dos, tres

▷ 0963087202　　cero, nueve, seis, tres, cero, ocho, siete, dos, cero, dos

▷ 0919238945　　cero, nueve, uno, nueve, dos, tres, ocho, nueve, cuatro, cinco

▷ 0970334528　　cero, nueve, siete, cero, tres, tres, cuatro, cinco, dos, ocho

▷ 0965900283　　cero, nueve, seis, cinco, nueve, cero, cero, dos, ocho, tres

（二）練習說出自己的手機號碼：＿＿＿＿＿＿＿＿＿＿＿＿＿＿

＊ 西語國家報電話號碼時，通常是兩個或三個數字連在一起講，例如：0922345123就會說：零、九百二十二、三百四十五、一百二十三。但我們鼓勵初學者學完數字後，就應用在有意義的對話上，用單個數字報號碼的方式，西語國家的人也都聽得懂的！

＊ 會講自己的手機號碼之後，可以開始練速度，用手機自己計時，每次都要講得比前一次快，也可以訓練不照順序亂數說數字的反應。

「西班牙文數字0-10怎麼說？」
講解影片

二 Los números 11～20　數字11～20

▶ MP3-05

　　西班牙語的數字只要記到20，21開始的數字基本上都能以1～20的規則類推。

　　11～20可以分成兩組來練習：

　(1) 11～15的字尾都是「ce」。

　(2) 16～19都是「10＋個位數」，例如：16＝10＋6、17＝10＋7。

　　10的西班牙語是diez，字尾的z改成ci，也就是說diez改為dieci，之後再加上個位數即可，完整的拼法請看下面表格。

11	once	16 (10＋6)	dieciséis
12	doce	17 (10＋7)	diecisiete
13	trece	18 (10＋8)	dieciocho
14	catorce	19 (10＋9)	diecinueve
15	quince	20	veinte

「西班牙文數字11-20怎麼說？」
講解影片

三 Los números 21～30　數字21～30

▶ MP3-06

21～29的說法都是「20＋個位數」，原本的20是veinte，字尾的e會改成i，也就是說veinte改成veinti，之後加上個位數就可以了，完整的拼法請看下面表格。

21	veintiuno	26	veintiséis
22	veintidós	27	veintisiete
23	veintitrés	28	veintiocho
24	veinticuatro	29	veintinueve
25	veinticinco	30	treinta

四 Los números 31～100 數字31～100

▶ MP3-07

　　31以上的說法一直到100都很單純，都是「十位數＋y＋個位數」就可以了，「y」是「和」的意思。

　　例如31字面上的拼法就會是「30和1」，30是treinta，中間加上「y」，然後再加上1是uno，「31」的完整拼法就是「treinta y uno」。

　　以下表格列出31～39的完整拼法，41～99全部都可以以此類推。

31	treinta y uno	41	cuarenta y uno
32	treinta y dos	50	cincuenta
33	treinta y tres	52	cincuenta y dos
34	treinta y cuatro	60	sesenta
35	treinta y cinco	63	sesenta y tres
36	treinta y seis	70	setenta
37	treinta y siete	80	ochenta
38	treinta y ocho	85	ochenta y cinco
39	treinta y nueve	90	noventa
40	cuarenta	100	cien

「西班牙文數字20-100怎麼說？」
講解影片

五 Los números 100～1,000　數字100～1,000

▶ MP3-08

　　100到1,000也很好記，只要先學會100是cien，200就是2個100，300就是3個100，和中文數字的邏輯幾乎一樣。

　　只要注意除了100之外，其他數字在西語裡會變成複數的型態，也就是cien加上tos這個字尾，即cientos。

100	cien	600	seiscientos
200	doscientos	700	setecientos
300	trescientos	800	ochocientos
400	cuatrocientos	900	novecientos
500	quinientos	1,000	mil

　　而其他非100的倍數的數字，就是一層一層疊加上去，例如101＝100＋1、202＝200＋2、635＝600＋30＋5，所以只要前面的部分熟練了，這邊就都沒有新的字需要學習囉！

　　其中要注意的是「100＋個位數」時，原本的cien會變成ciento。200就是2個100，ciento的後面就要加上s表示複數。

以下列舉一些例子作為參考：

101	ciento uno	520	quinientos veinte
110	ciento diez	635	seiscientos treinta y cinco
202	doscientos dos	768	setecientos sesenta y ocho
305	trescientos cinco	888	ochocientos ochenta y ocho
410	cuatrocientos diez	999	novecientos noventa y nueve

「西班牙文數字100-1000怎麼說？」
講解影片

六 Los números 1,000～10,000 數字1,000～10,000

▶ MP3-09

1,000以上的數字更簡單，1,000是mil，1,000的倍數只要直接在前面加上數字就可以了。2,000就是兩個1,000，3,000就是3個1,000，mil這個字也不用加上複數字尾，從1,000～10,000都是維持mil。

1,000	mil	1,001	mil uno
2,000	dos mil	1,050	mil cincuenta
3,000	tres mil	2,010	dos mil diez
4,000	cuatro mil	3,100	tres mil cien
5,000	cinco mil	4,500	cuatro mil quinientos
6,000	seis mil	5,650	cinco mil seiscientos cincuenta
7,000	siete mil	6,715	seis mil setecientos quince
8,000	ocho mil	7,800	siete mil ochocientos
9,000	nueve mil	8,260	ocho mil doscientos sesenta
10,000	diez mil	9,990	nueve mil novecientos noventa

「西班牙文數字1000-10000怎麼說？」
講解影片

七 Los números más de 10,000　數字（10,000以上）

▶ MP3-10

10,000以上的數字都以「mil」（千）為單位，10,000是10個mil，20,000是20個mil，100,000是100個mil，以此類推。

1,000,000開始才有新的字「un millón」（一百萬）。

10,000	diez mil	60,000	sesenta mil
20,000	veinte mil	70,000	setenta mil
30,000	treinta mil	80,000	ochenta mil
40,000	cuarenta mil	90,000	noventa mil
50,000	cincuenta mil	100,000	cien mil

200,000	doscientos mil	700,000	setecientos mil
300,000	trescientos mil	800,000	ochocientos mil
400,000	cuatrocientos mil	900,000	novecientos mil
500,000	quinientos mil	1,000,000	un millón
600,000	seiscientos mil	2,000,000	dos millones

八　Diálogo　即學即用

▶ MP3-11

Preguntando el número de teléfono del hotel en la recepción.

在飯店櫃檯詢問飯店的電話號碼

A: ¡Hola!   嗨！

B: ¡Hola!   嗨！

A: ¿Cómo estás?   你好嗎？

B: Estoy bien, gracias.   我很好，謝謝。

A: ¿Cuál es el número de teléfono del hotel?   這個飯店的電話是幾號？

B: Es 0956712345.   是 0956712345。

A: ¿Cero nueve cinco siete siete uno dos tres cuatro cinco?   0957712345 嗎？

B: No, es cero nueve cinco seis siete uno dos tres cuatro cinco.

不對，是 0956712345。

A: Gracias.   謝謝。

B: De nada.   不客氣。

A: Adiós.   再見。

B: Adiós.   再見。

九　Los ejercicios　課後練習

（一）Una los números. 連連看。

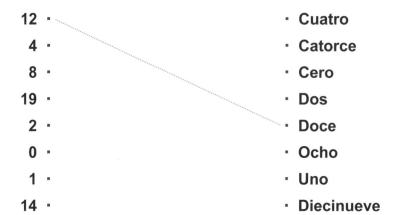

12 ·	· Cuatro
4 ·	· Catorce
8 ·	· Cero
19 ·	· Dos
2 ·	· Doce
0 ·	· Ocho
1 ·	· Uno
14 ·	· Diecinueve

（二）Escriba y diga los siguientes números.
　　　練習寫／說出以下電話號碼。

Ejemplo:

例：0 9 8 6 8 9 7 6 9 0

cero, nueve, ocho, seis, ocho, nueve, siete, seis, nueve, cero

1. 0 9 7 5 3 6 7 7 7 1

＿＿＿＿＿＿＿＿＿＿＿＿＿＿＿＿＿＿＿＿

2. 0 3 5 6 7 8 6 7 0

＿＿＿＿＿＿＿＿＿＿＿＿＿＿＿＿＿＿＿＿

3. 0 4 2 5 2 6 7 8 9 0

＿＿＿＿＿＿＿＿＿＿＿＿＿＿＿＿＿＿＿＿

（三）Escriba los siguientes números. **練習寫出以下數字。**

Ejemplo:

例：ochenta y cinco <u>85</u>

1. cuatrocientos _____

2. seis mil quinientos _____

3. veintitrés mil trescientos ochenta y seis _____

4. novecientos veinticuatro _____

5. setenta y nueve _____

memo

Lección 2

Saludos: Iniciando una conversación, palabras claves.

問候：會重點字，就能打開話題

本課學習目標：

- ✔ 能和別人打招呼、互相問候。
- ✔ 能說「請」、「謝謝」、「對不起」等禮貌用語。
- ✔ 能說一些簡單的教室用語。
- ✔ 能介紹自己的職業。

一 Vocabulario 生詞

（一）Saludos y lenguaje de clase 問候、教室用語 ▶ MP3-12

¡Hola! 嗨！

¡Adiós! 再見！

Buenos días. 早安。

Buenas tardes. 午安。

Buenas noches. 晚安。

Gracias. 謝謝。

De nada. 不客氣。

¡Lo siento! 對不起！

¡Perdón!
¡Excúsame! 不好意思！

No importa. 沒關係。

Sí. 對。

No. 不對。

Repite, por favor.
請再說一次。

Más despacio, por favor.
請說慢一點。

Perdón, no entiendo.
不好意思，我不懂。

Me llamo_____.
我叫_____。（名字）

Te llamas_____.
你叫_____。（名字）

¿Cómo? 如何、怎麼？

（二）Estado y ánimo　狀態、心情

▶ MP3-13

▷ A: ¿Cómo estás?　　　　　你好嗎？

B: Estoy <u>muy bien</u>, ¿y tú?　我非常好，你呢？

A: Estoy <u>bien</u>, gracias.　我很好，謝謝。

可能使用情境：
1. 跟朋友同事見面時打招呼。
2. 打電話時的開場白。
3. 遇到鄰居、跟同電梯的人打招呼。

劃線部分可代換下面兩種分類的用詞，這樣就可以表達不同的狀態或心情了！

中文沒有以「你好嗎？」來問候的習慣，所以剛開始要用「¿Cómo estás?」（你好嗎？）來打招呼可能會覺得怪怪的。

我們只要把「¿Cómo estás?」（你好嗎？）當做「hola」就好了，一般來說回答時只要簡單講「muy bien」、「bien」這樣的狀態就好，不用認真回答太多。如果是很熟的朋友，才會多講幾句聊聊近況。

1. **以下9個是不需要分陰陽性的狀態，不論主詞是男生或女生，都用同一個字。**

Estar más o menos

Estar bien 好

還好／普通

Estar mal 不好

Estar muy bien 非常好

Estar regular 還好／普通

Estar muy mal 很不好

Estar libre 有空

Estar triste 難過

Estar feliz 高興

2. 以下6個是需要分陰陽性的狀態，主詞是男生的話用陽性（字尾是o）的字，主詞是女生的話用陰性（字尾是a）的字。

Estar ocupado（男）/
ocupada（女）忙

Estar cansado（男）/
cansada（女）累

Estar enfadado（男）/
enfadada（女）生氣

Estar aburrido（男）/
aburrida（女）無聊

Estar enfermo（男）/
enferma（女）生病

Estar nervioso（男）/
nerviosa（女）緊張

（三）Ocupación　職業 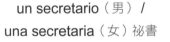 MP3-14

> A: ¿En qué trabaja?　　　　　您是做什麼的？
>
> B: Soy <u>maestro</u>, ¿y usted?　　我是老師，您呢？
>
> A: Soy <u>vendedora</u>.　　　　　我是業務。

un ama de casa
（女）家庭主婦

un secretario（男）/
una secretaria（女）祕書

un ingeniero（男）/
una ingeniera（女）工程師

un profesor（男）/
una profesora（女）教授

un vendedor（男）/
una vendedora（女）業務

un doctor（男）/
una doctora（女）醫生

un maestro（男）/
una maestra（女）老師

un / una estudiante
（男／女）學生

un / una dependiente
（男／女）店員

2

「各職業的説法」講解影片

二 Masculino y Femenino 西班牙語的陰性與陽性

（一）什麼是陰陽性？

　　從前面幾個生詞可以看出來，西班牙語有兩種詞會分陰陽性，分別是名詞和形容詞。

　　名詞的陰陽性：就像小孩子生下來之後就有性別一樣，西班牙語每個名詞的性別在生下來就固定了，例如「手機」是陽性，「電視」是陰性。

　　形容詞的陰陽性：形容詞是最沒個性的詞類，形容陽性名詞時就會是陽性，形容陰性名詞時就會是陰性。

例：un profesor ocupado 　　　　　一個忙碌的男教授

　　（profesor是陽性、形容詞ocupado也要跟著用陽性）

　　una profesora ocupada 　　　　一個忙碌的女教授

　　（profesora是陰性、形容詞ocupada也要跟著用陰性）

（二）一定要分陰陽性嗎？

　　是的，這是一個需要分陰陽性的語言，請初學者從一開始就讓自已習慣它。初學者不需要花太多力氣去想「為什麼手機是陽性？」「為什麼電視是陰性？」想太多反而會講不出來。我們只要先知道名詞有陰陽性的分別，並且接受它們與生俱來的性別，將專注力放在「把每個句子講順」即可。

（三）有基本的分辨方法吧？

　　看到新的單字時，可以用單字的「字尾」來判斷這個字是陰性或陽性（如下表）。但一切都有例外，遇到例外時，就需要另外把它背起來！

陰性字尾	陽性字尾
_a	_o
_d	_á
_z	_é
_ción	
_sión	

（四）陰陽性字尾規則有例外嗎？

　　大約70%的名詞符合上面表格的規則，而例外的部分需要單獨記憶，建議初學者先不要一個一個硬記，反覆講多次之後，讓這些字慢慢內化成為自然反應，會是比較適合的練習方法。

（五）描述複數個人時，有男有女怎麼辦？

　　如果是要描述很多人，例如「我們是醫生」，而「我們」四個都是女生，就用陰性的字，即Somos doctoras.

　　如果是要描述很多人，例如「我們是老師」，而「我們」包括一男三女，此時仍要維持用陽性的字，即Somos maestros.。就像中文的「他們」可能是有男有女，全部都是女生才會用「她們」。

三 Singular y Plural 西班牙語的單數與複數

名詞或形容詞的單複數的規則表示方法		
	Singular 單數	Plural 複數
字尾為母音---直接加S		
名詞	secretaria 祕書	secretarias 祕書
	estudiante 學生	estudiantes 學生
形容詞	Estoy contenta. 我很高興。	Estamos contentas. 我們很高興。
字尾為子音---加ES		
名詞	vendedor 業務	vendedores 業務
形容詞	regular 普通的、規則的	regulares 普通的、規則的

四　Verbo 1: ESTAR　搭配動詞1：ESTAR

（一）ESTAR現在式動詞變化：

ESTAR　在（＋狀態／地點）		
	主詞	動詞變化
我在	Yo	estoy
你在	Tú	estás
他在／她在／您在	Él / Ella / Usted	está
我們在（陽性）／我們在（陰性）	Nosotros / Nosotras	estamos
你們在／妳們在	Vosotros / Vosotras	estáis
他們在／她們在／您們在	Ellos / Ellas / Ustedes	están

（二）用法：

ESTAR這個字很像中文的「在」，後面可以加：

(1) 心情狀態，例：Yo estoy contenta.（我很高興。）

(2) 所在地點，例：Yo estoy en casa.（我在家。）

本課要練習的是第一種用法「estar（在）＋心情狀態」，第二種用法「estar（在）＋所在地點」會在第七課練習，這個用法在中文沒有對應的翻譯，因為中文不會說「我在高興」，而是會說「我很高興」，我們只要接受「estar＋狀態」這個句型，反覆練習到自然反應就可以了。

1. 某人很_____（狀態）。

肯定：Estar 動詞變化＋ estado（狀態）.

否定：No estar 動詞變化＋ estado（狀態）.

▷ Estoy bien. 　　　　　　　　　我很好。

▷ Estás enfadado. 　　　　　　　你很生氣。

▷ Estamos más o menos. 　　　　我們還好。

▷ No están cansados. 　　　　　　他們／您們不累。

▷ No estáis tristes. 　　　　　　你們不難過。

▷ No están aburridos. 　　　　　他們／您們不無聊。

2. 某人＿＿＿＿（狀態）嗎？

肯定：¿Estar 動詞變化＋ estado（狀態）？ ┃‥‥‥▶

否定：¿No estar 動詞變化＋ estado（狀態）？ ┃‥‥▶

可能使用情境：
1. 看到對方不太對勁，
   詢問狀況。
2. 準備要做一個活動之
   前，確認對方狀況。

▷ A: ¿Estás bien? 　　　　　　　你好嗎？

B: Sí, estoy bien. 　　　　　　對，我很好。

▷ A: ¿Están enfadados? 　　　　他們／您們生氣嗎？

B: No, no están enfadados. 　　不，他們不生氣。

B: No, no estamos enfadados. 　不，我們不生氣。

▷ A: ¿Estáis nerviosos? 　　　　你們緊張嗎？

B: Sí, estamos nerviosos. 　　對，我們很緊張。

▷ A: ¿No están cansados? 　　　他們／您們不累嗎？

B: No, no están cansados. 　　不，他們不累。

B: No, no estamos cansados. 　不，我們不累。

▷ A: ¿No estáis tristes? 　　　　你們不難過嗎？

B: Sí, estamos tristes. 　　　對，我們很難過。

▷ A: ¿No estás aburrida? 　　　妳不無聊嗎？

B: No, no estoy aburrida. 　　不，我不無聊。

五 Verbo 2: SER 搭配動詞2：SER

▶ MP3-16

（一）SER現在式動詞變化：

SER 是		
	主詞	動詞變化
我是	Yo	soy
你是	Tú	eres
他是／她是／您是	Él / Ella / Usted	es
我們是（陽性）／我們是（陰性）	Nosotros / Nosotras	somos
你們是／妳們是	Vosotros / Vosotras	sois
他們是／她們是／您們是	Ellos / Ellas / Ustedes	son

（二）用法：

1. 某人是／不是_____（職業）。

肯定：Ser 動詞變化＋ ocupación（職業）.

否定：No ser 動詞變化＋ ocupación（職業）.

▷ Soy maestro.　　　　　　我是老師（男）。

▷ Eres doctora.　　　　　　妳是醫生（女）。

▷ Es vendedor.　　　　　　他／您是業務（男）。

▷ No sois estudiantes.　　　你們不是學生（全男性或有男有女）。

▷ No somos amas de casa.　我們不是家庭主婦（女）。

▷ No son secretarias.　　　她們／您們不是祕書（女）。

「Ser動詞怎麼用」講解影片

2. 某人是／不是_____（職業）嗎？

肯定：¿Ser 動詞變化＋ ocupación（職業）？ ┃┈┈┈▶

否定：¿No ser 動詞變化＋ ocupación（職業）？ ┃┈┈▶

> 可能使用情境：
> 1. 認識新朋友時閒聊，詢問對方職業。
> 2. 有人介紹另一個人給您時，詢問對方職業。

▷ A: ¿Eres maestro?　　　　　　你是老師嗎（男）？

　B: Sí, soy maestro.　　　　　　是，我是老師（男）。

▷ A: ¿Es doctora?　　　　　　　她是醫生嗎（女）？

　B: Sí, es doctora.　　　　　　是，她是醫生（女）。

▷ A: ¿Sois ingenieros?　　　　　你們是工程師嗎（全男性或有男有女）？

　B: No, no somos ingenieros.　不，我們不是工程師（全男性或有男有女）。

▷ A: ¿No sois estudiantes?　　　你們不是學生嗎（全男性或有男有女）？

　B: No, no somos estudiantes.　不，我們不是學生（全男性或有男有女）。

▷ A: ¿No son vendedores?　　　他們／您們不是業務嗎（全男性或有男有女）？

　B: Sí, son vendedores.　　　　是，他們是業務（全男性或有男有女）。

　B: Sí, somos vendedores.　　是，我們是業務（全男性或有男有女）。

▷ A: ¿No son profesores?　　　他們／您們不是教授嗎（全男性或有男有女）？

　B: Sí, son profesores.　　　　是，他們是教授（全男性或有男有女）。

　B: Sí, somos profesores.　　是，我們是教授（全男性或有男有女）。

六 Diálogo 即學即用

（一） Saludar a amigos o compañeros de trabajo.
問候朋友、同事。

▶ MP3-17

A: ¡Hola!   嗨！

B: ¡Hola!   嗨！

A: ¿Cómo estás?   你好嗎？

B: Muy bien, ¿y tú?   很好，你呢？

A: Bien, gracias.   好，謝謝。

（二）Miras que un amigo tuyo está mal...
看到朋友不太對勁……

► MP3-18

A: ¡Hola!　　　　　　　　　嗨！

B: ¡Hola!　　　　　　　　　嗨！

A: ¿Estás triste?　　　　　　妳很難過嗎？

B: No, no estoy triste.　　　　不，我不難過。

A: ¿Estás enferma?　　　　　妳生病了嗎？

B: No, no estoy enferma.　　　沒有，我沒有生病。

A: ¿Estás enfadada?　　　　　妳生氣了嗎？

B: No, no estoy enfadada.　　　沒有，我沒有生氣。

A: ¿Todo bien?　　　　　　　妳還好嗎？

B: Estoy cansada y aburrida.　　我只是很累又無聊。

（三）Preguntar el nombre cuando conoces a alguien.

認識新朋友時，請問對方名字。

▶ MP3-19

A: Buenas tardes.　　　　　　　　　　　　　午安。

B: Buenas tardes.　　　　　　　　　　　　　午安。

A: ¿Cómo te llamas?　　　　　　　　　　　　你叫什麼名字？

B: Me llamo Hao Yun, ¿y tú? ¿Cómo te llamas?

我叫 Hao Yun，你呢？你叫什麼名字？

A: Me llamo Fernando.　　　　　　　　　　　我叫 Fernando.

B: Perdón, no entiendo. Más despacio, por favor.　不好意思，我不懂，請說慢一點。

A: Me llamo Fer-nan-do.　　　　　　　　　　我叫 Fer-nan-do。

B: Mucho gusto, Fernando.　　　　　　　　　很高興認識你，Fernando。

A: Mucho gusto, Hao Yun.　　　　　　　　　很高興認識你，Hao Yun。

（四） Preguntar cuál es su trabajo cuando conoces a alguien.
　　　　認識新朋友時，請問對方職業。

▶ MP3-20

A: ¡Hola!	嗨！	
B: ¡Hola!	嗨！	
C: ¡Hola!	嗨！	
A: Me llamo Frank, ¿y vosotros?	我叫 Frank，你們呢？	
B: Me llamo Silvia.	我叫 Silvia。	
C: Me llamo Sebastián.	我叫 Sebastián。	
A: Yo soy ingeniero, ¿sois ingenieros?	我是工程師，你們是工程師嗎？	
B: No, no soy ingeniera.	不，我不是工程師。	
Soy maestra.	我是老師。	
C: Sí, soy ingeniero.	是，我是工程師。	
A: ¡Muy bien!	很好！	
Somos dos ingenieros y una maestra.	我們這邊有兩個工程師和一個老師。	
B: ¡Sí!	對啊！	
C: Mucho gusto.	很高興認識你們。	
A: Mucho gusto.	很高興認識你們。	

Frank（男）　　　Miyuki（女）　　　Silvia（女）　　　Luigi（男）

ingeniero　工程師　　dependiente　店員　　maestra　老師　　vendedor　業務

libre　有空　　feliz　高興　　enferma　生病　　bien　好

（一）Conteste las preguntas en español según las fotos.
　　　看圖以西語回答問題。

1. ¿Está Miyuki nerviosa?　Miyuki 緊張嗎？

　　_____.

2. ¿Está Luigi cansado?　Luigi 累嗎？

　　_____.

3. ¿Es Frank ingeniero?　Frank 是工程師嗎？

　　_____.

4. ¿Son Frank y Miyuki vendedores?　Frank 和 Miyuki 是業務嗎？

　　_____.

5. ¿Son Silvia y Luigi estudiantes?　Silvia 和 Luigi 是學生嗎？

　　_____.

6. ¿Quién es vendedor? 誰是業務？

_____.

7. ¿Quién está bien? 誰很好？

_____.

8. ¿Quién es maestro? 誰是老師？

_____.

9. ¿Cómo está Miyuki? Miyuki 怎麼樣？

_____.

10. ¿Cómo está Silvia? Silvia 怎麼樣？

_____.

（二）Conteste las preguntas de acuerdo con su condición real.
　　　以您的真實情況回答問題。

1. A: ¿Cómo estás? 你好嗎？

   B: Estoy _____. 我很 _____。

2. A: ¿Cómo te llamas? 你叫什麼名字？

   B: Me llamo _____. 我叫 _____。

3. A: ¿En qué trabajas? 你做什麼工作？

   B: Soy _____. 我是 _____。

Lección

3

Las Bebidas: Ordenando
tu primera sangría en el
extranjero.

飲料：下飛機來杯西班牙水果酒

本課學習目標：

- 能講出 15 ～ 20 個飲料的名稱。

- 能使用「QUERER」（要）、「COSTAR」（值多少錢）兩個動詞。

- 能搭配數字講出飲料數量。

- 能搭配「飲料名稱」和「數字」講出飲料的價錢。

- 能問「某種飲料多少錢？」。

- 能自己買飲料。

Vocabulario 生詞

► MP3-21

El agua 水 (f)

El té 茶 (m)

El café 咖啡 (m)

La leche 牛奶 (f)

El jugo / El zumo 果汁 (m)

El té con leche 奶茶 (m)

La Coca-Cola 可樂 (f)

La cerveza 啤酒 (f)

El vino 酒 (m)

El yogur 優格 (m)

El chocolate caliente 熱巧克力 (m)

La leche de soya 豆漿 (f)

La limonada 檸檬汁 (f)

La naranjada 柳橙汁 (f)

La piña colada 鳳梨可樂達 (f)（加勒比海特色雞尾酒）

El refresco 汽水 (m)

La sangría 西班牙水果酒 (f)

El champán 香檳 (m)

＊ agua這個字比較特別，字尾是a結尾，照常理說應該是陰性，冠詞應該要說「la」 agua，但是說la agua，會造成兩個字中間的兩個a連在一起，不好發音，為了方便發 音清楚，改為「el」agua。

不過請記得「女人是水做的」這句話，agua的本性還是陰性的喲！

二 Los artículos 冠詞

一個、一些		
	陰性	陽性
單數（一個）	una	un
複數（一些）	unas	unos

這個、這些		
	陰性	陽性
單數（這個）	la	el
複數（這些）	las	los

何時要用「一個、一些」，何時要用「這個、這些」呢？

對話中第一次出現的名詞，而說話的兩個人都不確定是在講哪一個物品時，通常會用「一個、一些」，例如：

（兩個人在便利商店飲料區，正要買飲料）

▷ A: ¿Qué quieres comprar?　　你要買什麼？

　 B: Quiero comprar un jugo.　　我要買一杯果汁。（「果汁」在對話中第一次出現，且檯面上有很多果汁，無法確定是哪一個。）

（兩個人在酒吧吧台，正要點飲料）

▷ A: ¿Quieres una cerveza?　　你要一杯啤酒嗎？

　 B: Sí, quiero una cerveza.　　對，我要一杯啤酒。（「啤酒」在對話中第一次出現，且檯面上有很多啤酒，無法確定是哪一個。）

對話中說話的兩個人都確定是在講哪一個物品時，通常會用「這個、這些」，例如：

（兩人在家，打開冰箱找飲料，冰箱只有一罐可樂）

> A: ¿Quieres la Coca-Cola?　　你要這個可樂嗎？
>
> B: No, no quiero la Coca-Cola.　　不要，我不要這個可樂。（可樂只有一罐，不需要選，所以用「這個」。）

三 Verbo 1: QUERER 搭配動詞1：QUERER

（一）QUERER現在式動詞變化：

QUERER 要		
	主詞	動詞變化
我要	Yo	quiero
你要	Tú	quieres
他要／她要／您要	Él / Ella / Usted	quiere
我們要（陽性）／ 我們要（陰性）	Nosotros / Nosotras	queremos
你們要／妳們要	Vosotros / Vosotras	queréis
他們要／她們要／您們要	Ellos / Ellas / Ustedes	quieren

（二）用法：

1. 某人要＋某種飲料。（肯定句）

> Querer 動詞變化＋ un ＋ bebida（陽性飲料）.

> Querer 動詞變化＋ una ＋ bebida（陰性飲料）.

▷ Quiero una leche. 　　　　我要一杯牛奶。

▷ Quieres una cerveza. 　　　你要一杯啤酒。

▷ Quiere un vino. 　　　　　他／她／您要一杯酒。

▷ Queremos un café. 　　　　我們要一杯咖啡。

▷ Queréis un champán. 　　　你們要一杯香檳。

▷ Quieren una Coca-Cola. 　　他們／她們／您們要一杯可樂。

* 西班牙語六個人稱的動詞都不同，因此句子當中不必說主詞也知道主詞是誰，主詞就可以不用說出來。例如：「Quiero una cerveza.」（我要一杯啤酒），只看「quiero」就知道是「我要」的「要」，所以不說「Yo quiero una cerveza.」的「Yo」也沒關係。通常是前後文人物很多，會弄不清楚主詞是誰的時候，才需要特別把主詞再提出來一次。

2. 某人不要＋某種飲料。（否定句）

> No querer 動詞變化＋ un ＋ bebida（陽性飲料）.

> No querer 動詞變化＋ una ＋ bebida（陰性飲料）.

▷ No quiero jugo.　　　　　　　我不要果汁。

▷ No quieres té.　　　　　　　　你不要茶。

▷ No quiere limonada.　　　　　他／她／您不要檸檬汁。

▷ No queremos vino.　　　　　　我們不要酒。

▷ No queréis naranjada.　　　　你們不要柳橙汁。

▷ No quieren piña colada.　　　他們／她們／您們不要鳳梨可樂達。

* 否定時不用加數量，例如不用講「No quiero dos jugos.」（我不要兩杯果汁）。

3. 某人要＋某種飲料嗎？（肯定疑問句）

　　西語的疑問句與肯定句、否定句完全相同，差別只在於「要在前、後加上問號」，以及「句尾語調要上揚」，這樣就是問句了，所以說問句時一定要把語調明顯做出來，對方才聽得出來這是一個問題。

　　問句的主詞和動詞的順序可以互換，例如：「¿Quiere usted una cerveza?」（您要一杯啤酒嗎？）也可以說「¿Usted quiere una cerveza?」。

¿Querer 動詞變化＋ un ＋ bebida（陽性飲料）？ ┃┄┄▶

可能使用情境：
1. 邀請朋友來一杯。
2. 問一起去用餐的朋友要不要點一杯飲料。
3. 服務生向客人推銷飲料。

¿Querer 動詞變化＋ una ＋ bebida（陰性飲料）？ ┃┄┄▶

▷ A: ¿Quieres una sangría?　　　　　你要一杯西班牙水果酒嗎？

　 B: Sí, quiero una sangría.　　　　對，我要一杯西班牙水果酒。

　 B: No, no quiero sangría.　　　　不要，我不要西班牙水果酒。

▷ A: ¿Quiere usted una cerveza?　　您要一杯啤酒嗎？

　 B: Sí, quiero una cerveza.　　　　對，我要一杯啤酒。

　 B: No, no quiero cerveza.　　　　不要，我不要啤酒。

▷ A: ¿Queréis un refresco?　　　　你們要一杯汽水嗎？

　 B: Sí, queremos un refresco.　　對，我們要一杯汽水。

　 B: No, no queremos refresco.　　不要，我們不要汽水。

▷ A: ¿Quieren ellas un zumo?　　　她們要一杯果汁嗎？

　 B: Sí, ellas quieren un zumo.　　對，她們要一杯果汁。

　 B: No, ellas no quieren zumo.　　不要，她們不要果汁。

4. 某人不要＋某種飲料嗎？（否定疑問句）

¿No querer 動詞變化＋ un ＋ bebida（陽性飲料）？ ┃┄┄┄▶

可能使用情境：
1. 大家都在喝飲料，但對方不要喝的時候。
2. 平常對方飯後都會來一杯咖啡，今天突然反常不喝，出乎說話者意料之外。

¿No querer 動詞變化＋ una ＋ bebida（陰性飲料）？ ┃┄┄┄▶

▷ A: ¿No quieres un chocolate caliente?　你不要一杯熱巧克力嗎？

　 B: Sí, quiero un chocolate caliente.　對，我要一杯熱巧克力。

　 B: No, no quiero chocolate caliente.　不要，我不要熱巧克力。

▷ A: ¿No quiere él una leche de soya?　他不要一杯豆漿嗎？

　 B: Sí, él quiere una leche de soya.　對，他要一杯豆漿。

　 B: No, él no quiere leche de soya.　不要，他不要豆漿。

▷ A: ¿No queréis un café?　　　　　　你們不要一杯咖啡嗎？

　B: Sí, queremos un café.　　　　　　對，我們要一杯咖啡。

　B: No, no queremos café.　　　　　　不要，我們不要咖啡。

▷ A: ¿No quieren ellas una naranjada?　她們不要一杯柳橙汁嗎？

　B: Sí, ellas quieren una naranjada.　對，她們要一杯柳橙汁。

　B: No, ellas no quieren naranjada.　不要，她們不要柳橙汁。

3

四 Singular y Plural 單數與複數

單複數的表示方法		
	Singular 單數	Plural 複數
字尾為母音---直接加S	un café	dos cafés
	un zumo	dos zumos
	una leche	dos leches
	una sangría	dos sangrías
	un chocolate caliente	dos chocolates calientes
字尾為子音---加ES	un yogur	dos yogures

＊ 西班牙語的複數「s」，要連形容詞一起加，例如chocolates calientes（熱巧克力），
caliente是「熱」（形容詞），也要加「s」。

五　Verbo 2: COSTAR　搭配動詞2：COSTAR

▶ MP3-23

（一）COSTAR現在式動詞變化：

COSTAR　值（多少錢）		
	主詞	動詞變化
它值	單數物品	cuesta
它們值	複數物品	cuestan

＊ COSTAR這個動詞意思是「值（多少錢）」，用來買東西時問價錢使用。我們只會問「一個東西」或「一些東西」值多少錢，不會問「我值多少錢」、「你值多少錢」，所以這個動詞只有「它值多少錢」、「它們值多少錢」兩種變化。

（二）用法：

1. ¿Cuánto cuesta ＿＿＿＿？ 某種飲料多少錢？

用於單數杯飲料：¿Cuánto cuesta ＋ (un, una) ＋ bebida（飲料）？

用於複數杯飲料：¿Cuánto cuestan ＋ (dos, tres, cuatro...) ＋ bebidas（飲料）？

> A: ¿Cuánto cuesta un café?　　　　　一杯咖啡多少錢？

　B: Un café cuesta cuarenta y cinco.　　一杯咖啡45元。

> A: ¿Cuánto cuestan dos vinos?　　　　兩杯酒多少錢？

　B: Dos vinos cuestan doscientos veinte.　兩杯酒220元。

> A: ¿Cuánto cuesta un chocolate caliente?　一杯熱巧克力多少錢？

　B: Un chocolate caliente cuesta ochenta.　一杯熱巧克力80元。

> A: ¿Cuánto cuesta una cerveza?　　　一杯啤酒多少錢？

　B: Una cerveza cuesta sesenta.　　　一杯啤酒60元。

可能使用情境：
1. 去店家點飲料時詢問價錢。
2. 看到別人買的飲料不錯，先問問看多少錢。

▷ A: ¿Cuánto cuestan tres jugos?　　　　　三杯果汁多少錢？

B: Tres jugos cuestan noventa.　　　　　三杯果汁90元。

▷ A: ¿Cuánto cuestan cuatro limonadas?　　四杯檸檬汁多少錢？

B: Cuatro limonadas cuestan trescientos.　四杯檸檬汁300元。

＊ 通常在真實對話中詢問價錢，回答時只會簡單回答數字，不太會回答完整的句子。不過因為西語的動詞變化很多，我們建議初學者多練習講完整的句子，才能將動詞變化和生詞練熟並內化至自然反應。因此本書全書的例句問答，都會以完整的句子呈現，而在「即學即用」對話單元中，再穿插較符合真實情境的簡答句子。學習者在真實情境中，請再視情況自行增減喔！

3

六　Diálogo　即學即用

▶ MP3-24

（一）Comprar una bebida al bajar del avión. **剛下飛機買飲料。**

A:　¡Hola!　　　　　　　　　　你好！

B:　¡Hola!　　　　　　　　　　你好！

A:　¿Qué quieres tomar?　　　　你要喝什麼？

B:　Quiero café.　　　　　　　　我要咖啡。

　　¿Cuánto cuesta un café?　　　一杯咖啡多少錢？

A:　Un café cuesta cuarenta.　　　一杯咖啡 40 元。

　　¿Cuántos cafés quieres?　　　你要幾杯咖啡？

B:　Dos cafés, por favor.　　　　請給我兩杯咖啡。

　　¿Cuánto es en total?　　　　一共多少錢？

A:　Ochenta.　　　　　　　　　80 元。

B:　Aquí tiene, gracias.　　　　（這邊是 80 元），謝謝。

以下為對話中出現的生詞，目前可先將對話的句子記起來練熟即可，往後於其他主題的課程再分別練習這些生詞。

▷ tomar 喝、拿、搭乘

▷ por favor 請、拜託

▷ en total 一共

＊ 在台灣，店員說完價錢後，客人拿錢出來付的時候，不需要說什麼，直接付錢講個謝謝就可以了。在西語系國家，可以說「aquí tiene」，字面翻譯像是「錢在這裡」，然後再說「gracias」（謝謝）。

3

Los ejercicios 課後練習

（一）Indique el plural. **請寫出複數。**

1. un agua 一杯水   <u>   dos aguas   </u>   兩杯水

2. una Coca-Cola 一杯可樂   <u>   </u>   四杯可樂

3. un jugo 一杯果汁   <u>   </u>   六杯果汁

4. un té 一杯茶   <u>   </u>   三杯茶

5. una leche 一杯牛奶   <u>   </u>   五杯牛奶

6. un vino 一杯酒   <u>   </u>   兩杯酒

（二）Lea el menú de las bebidas, escriba los nombres de las bebidas en chino y conteste las preguntas en español. **請閱讀飲料價目表，寫出飲料的中文，並以西語回答問題。**

1. Escriba los nombres de las bebidas en chino. 請寫出飲料的中文。

Bebidas 飲料					
Café		45	Chocolate caliente		50
Té		60	Piña colada		65
Cerveza		60	Coca-Cola		35
Vino		90	Sangría		40
Champán		95	Yogur		25
Jugo		23	Leche de soya		35

2. Conteste las siguientes preguntas en español.
請以西語回答問題。

Ejemplo:

例：A: ¿Cuánto cuesta una sangría? 一杯西班牙水果酒多少錢？

　　B: Una sangría cuesta cuarenta. 一杯西班牙水果酒 40 元。

(1) A: ¿Cuánto cuesta una cerveza? 一杯啤酒多少錢？

　　B: _____

(2) A: ¿Cuánto cuestan tres yogures? 三杯優格多少錢？

　　B: _____

(3) A: ¿Cuánto cuestan cinco cafés? 五杯咖啡多少錢？

　　B: _____

(4) A: ¿Cuánto cuestan seis sangrías? 六杯西班牙水果酒多少錢？

　　B: _____

(5) A: ¿Una leche de soya cuesta treinta y cinco? 一杯豆漿 35 元嗎？

　　B: _____

(6) A: ¿Dos cervezas cuestan cien? 兩杯啤酒 100 元嗎？

　　B: _____

Lección 4

La comida: Ordenando comida en tu próximo viaje con estas palabras claves.

食物：旅遊點餐就靠這些關鍵字

本課學習目標：

☑ 能講出 15～20 個常吃的食物。

☑ 能使用兩個動詞「COMER」（吃）、「QUERER」（要）表達自己要吃什麼。

☑ 能描述自己三餐吃什麼。

☑ 能簡單表達飲食習慣。

☑ 能自己點餐。

▶ MP3-25

El arroz 飯 (m)

El arroz frito 炒飯 (m)

La pasta 義大利麵 (f)

Los fideos 麵 (m)

Los fideos de arroz 米粉 (m)

El bocadillo 潛艇堡 (m)

La hamburguesa 漢堡 (f)

La verdura 菜 (f)

El huevo 蛋 (m)

El pollo 雞肉 (m)

La carne de res 牛肉 (f)

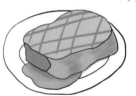

La carne de cerdo 豬肉 (f)

4

La ensalada 沙拉 (f)

La gamba 蝦 (f)

Los frijoles 豆子 (m)

El cordero 羊肉 (m)

El pescado 魚 (m)

La paella 西班牙海鮮飯 (f)

4

二 Verbo 1: COMER 搭配動詞1：COMER

▶ MP3-26

（一）COMER現在式動詞變化：

COMER 吃		
	主詞	動詞變化
我吃	Yo	como
你吃	Tú	comes
他吃／她吃／您吃	Él / Ella / Usted	come
我們吃（陽性）／我們吃（陰性）	Nosotros / Nosotras	comemos
你們吃／妳們吃	Vosotros / Vosotras	coméis
他們吃／她們吃／您們吃	Ellos / Ellas / Ustedes	comen

（二）用法：

1. 某人吃_____。（肯定句）

人稱＋ comer 動詞變化＋ comida（食物）. ┃⋯▶

可能使用情境：
1. 「平常」吃這種食物。
2. 接受這種食物。
3. 點餐時回答別人要吃什麼。

> (Yo) como huevo.　　　　　　我吃蛋。

> (Tú) comes pollo.　　　　　　你吃雞肉。

> (Ella) come arroz frito.　　　她吃炒飯。

> (Nosotros) comemos fideos.　我們吃麵。

> (Vosotros) coméis pasta.　　你們吃義大利麵。

> (Ustedes) comen pescado.　　您們吃魚。

* 括弧中的主詞也可省略不說，詳細解釋可以參考第61頁上方的說明。

2. 某人不吃＿＿＿＿。（否定句）

人稱＋ no comer 動詞變化＋ comida（食物）. ┃┄▶

可能使用情境：
1. 指「平常」不吃這種食物。
2. 不接受這種食物。
3. 點餐時回答別人不吃什麼。

▷ (Yo) no como carne de res.　　　我不吃牛肉。

▷ (Tú) no comes hamburguesa.　　你不吃漢堡。

▷ (Usted) no come cordero.　　　您不吃羊肉。

▷ (Nosotros) no comemos verdura.　我們不吃菜。

▷ (Vosotras) no coméis bocadillo.　妳們不吃潛艇堡。

▷ (Ellas) no comen carne de cerdo.　她們不吃豬肉。

3. 某人吃＿＿＿嗎？（肯定疑問句）

¿Comer 動詞變化＋ comida（食物）? ┃┄▶

可能使用情境：
1. 詢問對方「平常」吃不吃、或是接不接受某食物。
2. 了解對方個人／對方國家的飲食習慣。

▷ A: ¿Comes carne de cerdo?　　　你吃豬肉嗎？

　 B: Sí, como carne de cerdo.　　　對，我吃豬肉。

　 B: No, no como carne de cerdo.　不，我不吃豬肉。

▷ A: ¿Coméis arroz frito?　　　　你們吃炒飯嗎？

　 B: Sí, comemos arroz frito.　　對，我們吃炒飯。

　 B: No, no comemos arroz frito.　不，我們不吃炒飯。

▷ A: ¿Come fideos de arroz?　　　他／她／您吃米粉嗎？

　 B: Sí, come fideos de arroz.　　對，他／她吃米粉。

　 B: Sí, como fideos de arroz.　　對，我吃米粉。

　 B: No, no come fideos de arroz.　不，他／她不吃米粉。

　 B: No, no como fideos de arroz.　不，我不吃米粉。

4. 某人不吃_____嗎？（否定疑問句）

¿No comer 動詞變化＋ comida（食物）？

可能使用情境：
1. 大家都在吃某種東西，但對方不要吃的時候。
2. 以為對方會想吃某種食物，但其實對方根本不吃，出乎說話者意料之外。

▷ A: ¿No comes cordero?   你不吃羊肉嗎？

   B: Sí, como cordero.   對，我吃羊肉。

   B: No, no como cordero.   不，我不吃羊肉。

▷ A: ¿No come gamba?   他／她／您不吃蝦嗎？

   B: Sí, come gamba.   對，他／她吃蝦。

   B: Sí, como gamba.   對，我吃蝦。

   B: No, no come gamba.   不，他／她不吃蝦。

   B: No, no como gamba.   不，我不吃蝦。

▷ A: ¿No coméis verdura?   你們不吃青菜嗎？

   B: Sí, comemos verdura.   對，我們吃青菜。

   B: No, no comemos verdura.   不，我們不吃青菜。

▷ A: ¿No comen arroz frito?   他們／她們／您們不吃炒飯嗎？

   B: Sí, comen arroz frito.   對，他們／她們吃炒飯。

   B: Sí, comemos arroz frito.   對，我們吃炒飯。

   B: No, no comen arroz frito.   不，他們／她們不吃炒飯。

   B: No, no comemos arroz frito.   不，我們不吃炒飯。

三 Verbo 2: QUERER 搭配動詞2：QUERER

MP3-27

（一）QUERER現在式動詞變化：

QUERER 要		
	主詞	動詞變化
我要	Yo	quiero
你要	Tú	quieres
他要／她要／您要	Él / Ella / Usted	quiere
我們要（陽性）／ 我們要（陰性）	Nosotros / Nosotras	queremos
你們要／妳們要	Vosotros / Vosotras	queréis
他們要／她們要／您們要	Ellos / Ellas / Ustedes	quieren

（二）用法：

1. 某人要吃什麼？

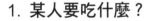 ¿Qué（什麼）＋ querer 動詞變化＋ comer 原形動詞？ ┃┈➤

可能使用情境：
1. 跟朋友在路上準備要找餐廳時討論要吃什麼。
2. 在餐廳一起看菜單時問朋友要吃什麼。
3. 服務生詢問客人要吃什麼。

＊ 一個句子當中有兩個以上的動詞時，只有第一個動詞要隨主詞變化，因為第一個動詞的變化，就看得出來這句話的主詞是誰了，所以後面的動詞就都用原形動詞囉！

▷ A: ¿Qué quieres comer?　　　　你要吃什麼？

B: Quiero comer arroz frito.　　　我要吃炒飯。

▷ A: ¿Qué quiere comer?　　　　他／她／您要吃什麼？

B: Quiere comer una paella.　　　他／她要吃西班牙海鮮飯。

B: Quiero comer una paella.　　　我要吃西班牙海鮮飯。

4

A: ¿Qué queréis comer?   你們要吃什麼？

B: Queremos comer pescado y pollo.   我們要吃魚和雞肉。

A: ¿Qué quieren comer?   他們／她們／您們要吃什麼？

B: Quieren comer verdura.   他們／她們要吃青菜。

B: Queremos comer verdura.   我們要吃青菜。

4

（一）Pedir comida en un restaurante. **在餐廳點餐。**　　▶ MP3-28

A: ¡Hola!　　　　　　　　　　　　　　您們好！

B, C: ¡Hola!　　　　　　　　　　　　你好！

A: ¿Qué quieren comer?　　　　　　　您們要吃什麼？

B: Quiero comer bocadillo, ¿y usted?　　我要吃潛艇堡，您呢？

C: Yo no quiero comer bocadillo. Quiero comer fideos. 我不要吃潛艇堡，我要吃麵。

A: ¿Quieren un refresco?　　　　　　您們要一杯汽水嗎？

B: Sí, quiero un refresco, gracias.　　要，我要一杯汽水，謝謝。

C: Yo quiero una sangría.　　　　　　我要一杯西班牙水果酒。

A: Un bocadillo, unos fideos, un refresco y una sangría. Son 550 en total.

一個潛艇堡，一個麵，一杯汽水，一杯西班牙水果酒，一共是 550 元。

「到西班牙餐廳點餐，好簡單！」
講解影片

（二）Comer con un amigo español que acaba de venir a Taiwán.
　　　跟一個剛來台灣的西班牙朋友吃飯。

▶ MP3-29

A: ¡Buenas tardes! ¿Cómo estás?　　　　　午安，你好嗎？

B: Muy bien, ¿y tú?　　　　　　　　　　很好，你呢？

A: Bien, gracias. Tengo hambre.　　　　　很好，謝謝。我肚子餓。

B: ¿Qué quieres comer?　　　　　　　　你要吃什麼？

A: Quiero comer fideos de arroz. ¿Coméis fideos de arroz en España?

　　我要吃米粉，你們在西班牙吃米粉嗎？

B: No, no comemos fideos de arroz en España, pero quiero probar.

　　不，我們在西班牙不吃米粉，可是我要試試看。

A: ¡Vamos!　　　　　　　　　　　　　我們走吧！

B: ¡Vamos!　　　　　　　　　　　　　我們走吧！

　　以下為對話中出現的生詞，目前可先將對話的句子記起來練熟即可，往後於其他主題的課程再分別練習這些生詞。

* España 西班牙
* pero 可是
* probar 試試看
* ¡Vamos! 我們走吧！

「瓜地馬拉、西班牙、台灣的
『早餐飲食』介紹！」講解影片

五　Los ejercicios　課後練習

Conteste las siguientes preguntas según la tabla.
請按照下面的表格回答問題。

	Fernando	Hao Yun	Frank
en la mañana 早上	come arroz 吃飯	X	come hamburguesa 吃漢堡
al mediodía 中午	X	come pescado 吃魚	X
en la tarde 下午	X	X	come pollo 吃雞肉
en la noche 晚上	come pescado 吃魚	come verdura 吃青菜	come bocadillo 吃潛艇堡

	Luigi	Miyuki	Pierre
en la mañana 早上	come verdura 吃青菜	come carne de cerdo 吃豬肉	come bocadillo 吃潛艇堡
al mediodía 中午	X	X	X
en la tarde 下午	come carne de cerdo 吃豬肉	come fideos de arroz 吃米粉	come carne de res 吃牛肉
en la noche 晚上	come arroz frito 吃炒飯	X	come pasta 吃義大利麵

（一）某人吃什麼呢？

Ejemplo:

例：¿Qué come Miyuki en la mañana? Miyuki 早上吃什麼？

Miyuki come carne de cerdo en la mañana. Miyuki 早上吃豬肉。

1. ¿Qué come Pierre en la noche? Pierre 晚上吃什麼？

_____

2. ¿Qué come Frank en la mañana? Frank 早上吃什麼？

_____

3. ¿Qué come Miyuki en la noche? Miyuki 晚上吃什麼？

_____

4. ¿Qué come Luigi en la noche? Luigi 晚上吃什麼？

_____

5. ¿Qué come Hao Yun al mediodía? Hao Yun 中午吃什麼？

_____

（二）某人吃＿＿＿＿＿＿嗎？

Ejemplo:

例：¿Come Hao Yun pollo en la noche? Hao Yun 晚上吃雞肉嗎？

　　　No, Hao Yun come verdura en la noche. 不，Hao Yun 晚上吃青菜。

1. ¿Come Pierre al mediodía? Pierre 中午吃東西嗎？

   _____

2. ¿Come Pierre pasta en la noche? Pierre 晚上吃義大利麵嗎？

   _____

3. ¿Come Luigi verdura? Luigi 吃青菜嗎？

   _____

4. ¿Come Frank pollo? Frank 吃雞肉嗎？

   _____

5. ¿Come Miyuki arroz frito en la noche? Miyuki 晚上吃炒飯嗎？

   _____

（三）誰＋時間＋吃＿＿＿＿＿＿＿？

Ejemplo:

例：¿Quién come hamburguesa en la noche? 誰晚上吃漢堡？

Nadie come hamburguesa en la noche. 沒人晚上吃漢堡。

1. ¿Quién come al mediodía? 誰中午吃東西？

_____

2. ¿Quién come hamburguesa en la mañana? 誰早上吃漢堡？

_____

3. ¿Quién come pescado en la noche? 誰晚上吃魚？

_____

4. ¿Quién come en la noche? 誰晚上吃東西？

_____

5. ¿Quién no come en la mañana? 誰早上不吃東西？

_____

（四）Conteste las preguntas según su condición real.
請按照您真實的情況回答問題。

1. ¿Qué come en la mañana? 您早上吃什麼？

_____

2. ¿Qué come al mediodía? 您中午吃什麼？

_____

3. ¿Qué come en la tarde? 您下午吃什麼？

_____

4. ¿Qué come en la noche? 您晚上吃什麼？

_____

Lección 5

Los postres: Disfrutando postres exóticos.

點心：讓您嚐遍異國的特色甜點

本課學習目標：

- ✅ 能講出 15 ～ 20 個常吃的點心。
- ✅ 能使用兩個動詞「COMPRAR」（買）、「GUSTAR」（喜歡）表達自己要買的、喜歡吃的點心。
- ✅ 能描述購買清單。
- ✅ 能簡單表達飲食喜好。
- ✅ 能自己點餐及買點心。

▶ MP3-30

Las palomitas de maíz
爆米花 (f)

El pan 麵包 (m)

El queso 起司 (m)

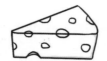

El waffle 鬆餅 (m)

El bizcocho 蛋糕 (m)

El pastel 蛋糕 (m)

El flan 布丁 (m)

La gelatina 果凍 (f)

El chocolate 巧克力 (m)

El caramelo 糖果 (m)

El azúcar 糖 (f)

El chicle 口香糖 (m)

La galleta 餅乾 (f)

El helado 冰淇淋 (m)

La fruta 水果 (f)

「西班牙文的點心名稱怎麼說？」
講解影片

Verbo 1: COMPRAR 搭配動詞1：COMPRAR

▶ MP3-31

（一）COMPRAR現在式動詞變化：

COMPRAR 買		
	主詞	動詞變化
我買	Yo	compro
你買	Tú	compras
他買／她買／您買	Él / Ella / Usted	compra
我們買（陽性）／ 我們買（陰性）	Nosotros / Nosotras	compramos
你們買／妳們買	Vosotros / Vosotras	compráis
他們買／她們買／您們買	Ellos / Ellas / Ustedes	compran

（二）用法：

1. 某人買_____。（肯定句）

> 人稱＋ comprar 動詞變化＋數量＋ postre（點心）.

＊ 這邊的「數量」可以用數字un / una、dos、tres（一、二、三⋯⋯）來表達，也可以
用unos、unas（一些）來表達，這些與數量有關的不定冠詞，可以翻回第58頁（第三
課第二部分的冠詞表格）來參考喔！

▷ (Yo) compro un pastel. 　　　　　　　我買一個蛋糕。

▷ (Tú) compras una gelatina. 　　　　　你買一個果凍。

▷ (Ella) compra unas galletas. 　　　　她買一些餅乾。

▷ (Nosotros) compramos unos waffles. 　我們買一些鬆餅。

▷ (Vosotros) compráis unos caramelos. 　你們買一些糖果。

▷ (Ustedes) compran unos bizcochos. 　您們買一些蛋糕。

＊ 括弧中的主詞也可省略不說，詳細解譯可以參考61頁上方的說明。

2. 某人不買_____。（否定句）

> 人稱＋ no comprar 動詞變化＋ postre（點心）.

▷ (Yo) no compro chocolate.　　　　　　我不買巧克力。

▷ (Tú) no compras caramelo.　　　　　　你不買糖果。

▷ (Usted) no compra helado.　　　　　　您不買冰淇淋。

▷ (Nosotros) no compramos gelatina.　　我們不買果凍。

▷ (Vosotras) no compráis waffle.　　　　妳們不買鬆餅。

▷ (Ellas) no compran palomitas de maíz.　她們不買爆米花。

＊ 否定時不需要加冠詞，例如我們不說「Yo no compro un helado.」（我不買一個冰淇淋）。

3. 某人要買_____嗎？（肯定疑問句）

> ¿Querer 動詞變化＋ comprar 原形動詞＋ postre（點心）？　⋯▷

可能使用情境：
1. 跟朋友一起逛超市或商店街，問對方要不要買個吃的。
2. 自己在逛街，打電話問朋友要不要買個吃的。

▷ A: ¿Quieres comprar helado?　　　　　你要買冰淇淋嗎？

　B: Sí, quiero comprar helado.　　　　　要，我要買冰淇淋。

▷ A: ¿Quieres comprar flan?　　　　　　你要買布丁嗎？

　B: No, no quiero comprar flan.　　　　不要，我不要買布丁。

▷ A: ¿Quieren comprar palomitas de maíz?　他們／她們／您們要買爆米花嗎？

　B: Sí, quieren comprar palomitas de maíz.　要，他們／她們要買爆米花。

　B: Sí, queremos comprar palomitas de maíz.　要，我們要買爆米花。

▷ A: ¿Quiere comprar gelatina?　　　　　他／她／您要買果凍嗎？

　B: Sí, quiere comprar gelatina.　　　　要，他／她要買果凍。

　B: Sí, quiero comprar gelatina.　　　　要，我要買果凍。

▷ A: ¿Quieres comprar waffle?　　　　　你要買鬆餅嗎？

　B: Sí, quiero comprar waffle.　　　　　要，我要買鬆餅。

▷ A: ¿Quieren comprar azúcar? 他們／她們／您們要買糖嗎？

B: No, no quieren comprar azúcar. 不要，他們／她們不要買糖。

B: No, no queremos comprar azúcar. 不要，我們不要買糖。

4. 某人不要買_____嗎？（否定疑問句）

¿No querer 動詞變化＋ comprar 原形動詞＋（postre）點心？ ⊩‧➤

可能使用情境：
1. 大家都買吃的，但對方不要買的時候。
2. 平常對方都會買某個甜點，今天突然反常不買，出乎說話者意料之外。

▷ A: ¿No quieres comprar chocolate? 你不要買巧克力嗎？

B: No, no quiero comprar chocolate. 不要，我不要買巧克力。

▷ A: ¿No quiere comprar caramelo? 他／她／您不要買糖果嗎？

B: No, no quiere comprar caramelo. 不要，他／她不要買糖果。

B: No, no quiero comprar caramelo. 不要，我不要買糖果。

▷ A: ¿No quieren comprar pan? 他們／她們／您們不要買麵包嗎？

B: Sí, quieren comprar pan. 要，他們／她們要買麵包。

B: Sí, queremos comprar pan. 要，我們要買麵包。

▷ A: ¿No quieres comprar bizcocho? 你不要買蛋糕嗎？

B: Sí, quiero comprar bizcocho. 要，我要買蛋糕。

▷ A: ¿No queréis comprar chicle? 你們不要買口香糖嗎？

B: No, no queremos comprar chicle. 不要，我們不要買口香糖。

▷ A: ¿No quieren comprar queso? 他們／她們／您們不要買起司嗎？

B: Sí, quieren comprar queso. 要，他們／她們要買起司。

B: Sí, queremos comprar queso. 要，我們要買起司。

5

三　Verbo 2: GUSTAR 搭配動詞2：GUSTAR

▶ MP3-32

（一）GUSTAR現在式動詞變化：

GUSTAR 喜歡		
	對某人來説	動詞變化
我喜歡	A mí 對我來説	me gusta me gustan
你喜歡	A ti 對你來説	te gusta te gustan
他喜歡／她喜歡／您喜歡	A él / A ella / A usted 對他／她／您來説	le gusta le gustan
我們喜歡（陽性）／ 我們喜歡（陰性）	A nosotros / A nosotras 對我們來説	nos gusta nos gustan
你們喜歡／妳們喜歡	A vosotros / A vosotras 對你／妳們來説	os gusta os gustan
他們喜歡／她們喜歡／ 您們喜歡	A ellos / A ellas / A ustedes 對他們／她們／您們來説	les gusta les gustan

　　大家可能會覺得很疑惑，為什麼這裡的動詞「gustar」只有兩種變化「gusta」和「gustan」呢？因為「gustar」這個動詞變化的邏輯與前面所學過的動詞不同，「我喜歡咖啡」在西語的邏輯當中是「咖啡讓我喜歡它」，主詞是「咖啡」，受詞是「我」。

　　舉例來説：

▷ A mí me gusta el café.　　對我來説，我喜歡咖啡。（咖啡讓我喜歡它）

▷ A ti te gusta el café.　　對你來説，你喜歡咖啡。（咖啡讓你喜歡它）

▷ A él le gusta el café.　　對他來説，他喜歡咖啡。（咖啡讓他喜歡它）

▷ A nosotros nos gusta el café.

　　對我們來説，我們喜歡咖啡。（咖啡讓我們喜歡它）

5

▷ A vosotros os gusta el café. 對你們來說，你們喜歡咖啡。（咖啡讓你們喜歡它）

▷ A ellos les gusta el café.　　對他們來說，他們喜歡咖啡。（咖啡讓他們喜歡它）

　　這上面六句話的主詞都是「咖啡」，而西班牙語中的動詞，一直都是隨著主詞的不同而變化的，所以「gusta」這個字就不需要變化，六句都是「gusta」。

　　上面這段說明，如果覺得似懂非懂也完全沒有關係。其實要表達自己喜歡的東西，只要記得以下這兩個公式就好：

Me gusta ＋單數名詞

Me gustan ＋複數名詞

　　如果還想要了解這個用法的道理，請繼續往下看。

　　「me／te／le／nos／os／les」這些字在西語的文法上是六個人稱的受詞，在西語中，受詞都是放在動詞前面。建議學習者可以將「這六個人稱受詞＋gusta」一起記，也就是把「me gusta」、「te gusta」、「le gusta」、「nos gusta」、「os gusta」、「les gusta」直接看成獨立的六個詞，會比較好記，對口語流利度的練習也比較有幫助。等學到西語的「受詞」單元時，自然就能理解了。

　　a mí（對我來說）、a ti（對你來說）、a él（對他來說）／a ella（對她來說）／a usted（對您來說）、a nosotros／a nosotras（對我們來說）、a vosotros／a vosotras（對你／妳們來說）、a ellos／a ellas／a ustedes（對他們／她們／您們來說），這些在句子當中，都可以省略不講，比如只講「Me gusta el café.」就已經是完整的句子了。

　　那麼如果想要講喜歡兩種東西呢？以下舉例說明：

▷ A mí me gustan el café y el té.

　　對我來說，我喜歡咖啡和茶。（咖啡和茶讓我喜歡它們）

▷ A ti te gustan el café y el té.

　　對你來說，你喜歡咖啡和茶。（咖啡和茶讓你喜歡它們）

▷ A él le gustan el café y el té.

　對他來說，他喜歡咖啡和茶。（咖啡和茶讓他喜歡它們）

▷ A nosotros nos gustan el café y el té.

　對我們來說，我們喜歡咖啡和茶。（咖啡和茶讓我們喜歡它們）

▷ A vosotros os gustan el café y el té.

　對你們來說，你們喜歡咖啡和茶。（咖啡和茶讓你們喜歡它們）

▷ A ellos les gustan el café y el té.

　對他們來說，他們喜歡咖啡和茶。（咖啡和茶讓他們喜歡它們）

　　這上面六句話的主詞都是「咖啡和茶」，西語當中的動詞，一直都是隨著主詞不同而變化的，主詞是「咖啡和茶」，有兩個東西，是複數的概念，所以會用「gustan」，既然主詞都一樣，動詞就不需要變化，六句都是「gustan」。

（二）用法：

1. 某人喜歡＿＿＿＿＿（肯定句）。

> A ＋人＋ gustar 變化＋ los / las ＋ cosas o eventos（東西、事情）.

▷ A mí me gustan los panes. 　　　　　　　　我喜歡麵包。

▷ A ti te gustan los chocolates. 　　　　　　你喜歡巧克力。

▷ A ella le gustan los bizcochos y las galletas. 　她喜歡蛋糕和餅乾。

▷ A nosotras nos gustan los flanes y las gelatinas. 　我們喜歡布丁和果凍。

▷ A vosotros os gustan las frutas y los quesos. 　你們喜歡水果和起司。

▷ A ellos les gustan los helados. 　　　　　　他們喜歡冰淇淋。

＊ 用複數表達自己喜歡某種食物時，強調喜歡這項食物的各種類，例如「A mí me gustan los panes.」表示「我喜歡各種類的麵包」。不過用單數也是可以的喔！

2. 某人不喜歡_____（否定句）。

> **A ＋人＋ no gustar 變化＋ los / las ＋ cosas o eventos（東西、事情）.**

▷ A mí no me gustan los pasteles. 　　　　　　　我不喜歡蛋糕。

▷ A ti no te gustan los chocolates. 　　　　　　你不喜歡巧克力。

▷ A ella no le gustan los caramelos ni las galletas.

　她不喜歡糖果和（也不喜歡）餅乾。

▷ A nosotras no nos gustan los flanes ni los waffles.

　我們不喜歡布丁和（也不喜歡）鬆餅。

▷ A vosotros no os gustan las frutas ni los caramelos.

　你們不喜歡水果和（也不喜歡）糖果。

▷ A ellos no les gustan los bizcochos. 　　　　他們不喜歡蛋糕。

＊ no...ni... 不……也不……（兩個皆否定時使用）

3. 某人喜歡吃_____嗎？（肯定疑問句）

> **¿A ＋人＋受詞＋ gustar 變化＋ comer 原形動詞＋ postres（點心）?**

▷ A: ¿A ti te gusta comer helado? 　　　　　你喜歡吃冰淇淋嗎？

　B: Sí, a mí me gusta comer helado. 　　　　對，我喜歡吃冰淇淋。

▷ A: ¿A él le gusta comer flan? 　　　　　　　他喜歡吃布丁嗎？

　B: No, a él no le gusta comer flan. 　　　　不對，他不喜歡吃布丁。

▷ A: ¿A usted le gusta comer palomitas de maíz?

　您喜歡吃爆米花嗎？

　B: Sí, a mí me gusta comer palomitas de maíz.

　對，我喜歡吃爆米花。

▷ A: ¿A vosotras os gusta comer pastel? 　　　妳們喜歡吃蛋糕嗎？

　B: Sí, a nosotras nos gusta comer pastel. 　對，我們喜歡吃蛋糕。

可能使用情境：
1. 一起在餐廳點餐時，詢問對方喜歡吃某物嗎？這樣或許可以點一種甜點一起吃。
2. 邀請朋友到家裡時，詢問對方喜歡吃某物嗎？然後再從冰箱拿東西出來招待。
3. 了解新朋友的飲食喜好。

A: ¿A ellas les gusta comer caramelo?　　　　她們喜歡吃糖果嗎？

B: Sí, a ellas les gusta comer caramelo.　　　對，她們喜歡吃糖果。

A: ¿A ustedes les gusta comer waffle?　　　　您們喜歡吃鬆餅嗎？

B: No, a nosotros no nos gusta comer waffle.　不對，我們不喜歡吃鬆餅。

4. 某人喜歡吃什麼？

¿A ＋某人＋ qué ＋受詞＋ gusta 動詞變化＋ comer 原形動詞？

A: ¿A ti qué te gusta comer?　　　　你喜歡吃什麼？

B: A mí me gusta comer helado.　　我喜歡吃冰淇淋。

A: ¿A ella qué le gusta comer?　　她喜歡吃什麼？

B: A ella le gusta comer pastel.　她喜歡吃蛋糕。

A: ¿A él qué le gusta comer?　　　他喜歡吃什麼？

B: A él le gusta comer galletas.　他喜歡吃餅乾。

A: ¿A vosotros qué os gusta comer?　　你們喜歡吃什麼？

B: A nosotros nos gusta comer fruta.　我們喜歡吃水果。

A: ¿A ustedes qué les gusta comer?　　您們喜歡吃什麼？

B: A nosotros nos gusta comer palomitas de maíz.　我們喜歡吃爆米花。

A: ¿A ellos qué les gusta comer?　　他們喜歡吃什麼？

B: A ellos les gusta comer chocolate.　他們喜歡吃巧克力。

可能使用情境：
1. 一起在餐廳點餐時，詢問對方喜歡吃什麼，或許可以點一種甜點一起吃。
2. 邀請朋友到家裡時，詢問對方喜歡吃什麼，再從冰箱拿東西出來招待。
3. 了解新朋友的飲食喜好。

5

四 Diálogo 即學即用

（一）Dos amigos van de compras juntos.
兩個朋友正要一起去買東西。

▶ MP3-33

A: ¿Qué quieres comprar?   你要買什麼？

B: Quiero comprar pastel y fruta.   我要買蛋糕和水果。

A: ¿Te gusta el pastel?   你喜歡蛋糕嗎？

B: Sí, me gusta el pastel.   對，我喜歡蛋糕。
Y tú, ¿qué quieres comprar?   你呢？你要買什麼？

A: Yo quiero comprar helado.   我要買冰淇淋。
¿Quieres comer helado?   你要吃冰淇淋嗎？

B: No, no me gusta el helado, gracias.   不要，我不喜歡冰淇淋，謝謝。

A: ¿Qué quieres comer?   你要吃什麼？

B: Quiero comer flan.   我要吃布丁。

A: ¿Te gusta el flan?   你喜歡布丁嗎？

B: Sí, me gusta el flan.   對，我喜歡布丁。

（二） Dos amigos compran en un supermercado.
　　　兩個朋友在超市買東西。

▶ MP3-34

A: Quiero comprar un helado de chocolate.　　我要買一個巧克力冰淇淋。

B: A mí no me gusta el chocolate.　　我不喜歡巧克力。

A: A mí me gusta mucho.　　我很喜歡。
　 ¿Qué helado te gusta?　　你喜歡什麼冰淇淋？

B: Me gusta el helado de fresa.　　我喜歡草莓冰淇淋。
　 Hoy no quiero comprar helado. Quiero comprar un pastel de frutas.
　 今天我不要買冰淇淋，我要買一個水果蛋糕。

A: ¿Te gusta este?　　你喜歡這個嗎？

B: Sí, ¿cuánto cuesta?　　喜歡，多少錢？

A: Diecinueve con noventa y nueve euros.　　19.99 歐元。

B: Está bien.　　好。

　　以下為對話中出現的生詞，目前可先將對話的句子記起來熟練即可，往後於其他主題的課程再分別練習這些生詞。

* este 這個

五 | Los ejercicios 課後練習

（一）Lea las siguientes listas de compra y conteste las preguntas.
請閱讀以下四個人的購買清單，並回答問題。

Silvia
1 pan 1個麵包
4 quesos 4個起司

Charles
6 palomitas de maíz 6份爆米花
4 gelatinas 4個果凍

Miyuki
10 chicles 10個口香糖
10 flanes 10個布丁
1 pastel 1個蛋糕

Luigi
2 pasteles 2個蛋糕
10 frutas 10個水果

1. ¿Qué compran ellos? 某人買什麼？

Ejemplo:

例：¿Qué compra Miyuki? Miyuki 買什麼？

Miyuki compra 10 chicles, 10 flanes y 1 pastel.

Miyuki 買 10 個口香糖、10 個布丁和 1 個蛋糕

(1) ¿Qué quiere comprar Luigi?　Luigi 要買什麼？

_____.

(2) ¿Compra Silvia pan?　Silvia 買麵包嗎？

_____.

(3) ¿Compra Luigi helado?　Luigi 買冰淇淋嗎？

_____.

(4) ¿Qué quiere comprar Charles?　Charles 要買什麼？

_____.

(5) ¿Quiere comprar Charles pan?　Charles 要買麵包嗎？

_____.

2. ¿Quién compra esto?　誰買這個？

Ejemplo:

例：¿Quién compra palomitas de maíz?　誰買爆米花？

　　Charles compra palomitas de maíz.　Charles 買爆米花。

(1) ¿Quién compra gelatina?　誰買果凍？

_____.

(2) ¿Quién no compra pastel?　誰不買蛋糕？

_____.

(3) ¿Quién compra queso?　誰買起司？

_____.

(4) ¿Quién compra fruta?　誰買水果

_____.

(5) ¿Quién compra galleta?　誰買餅乾？（沒有人：nadie）

_____.

（二）Complete las frases con el verbo GUSTAR y conteste las preguntas. **用動詞GUSTAR填空及回答問題。**

以下是Hao Yun、Pierre、Frank、Fernando四個人喜歡／不喜歡吃的點心列表，1到6題請填GUSTAR動詞變化完成句子，7到10題請回答問題。

	Flan	Helado	Chocolate	Fruta	Queso
Hao Yun	SÍ	SÍ	SÍ	SÍ	NO
Pierre	NO	SÍ	NO	SÍ	SÍ
Frank	SÍ	NO	SÍ	NO	SÍ
Fernando	SÍ	SÍ	NO	SÍ	NO

SÍ = gustar   SÍ代表喜歡

NO = no gustar   NO代表不喜歡

1. A Hao Yun _____ el chocolate.

2. A Frank _____ el queso.

3. A Pierre y Hao Yun _____ la fruta.

4. A Fernando _____ el chocolate.

5. A Hao Yun y Pierre _____ el helado.

6. A Frank _____ el flan, el chocolate y el queso.

7. ¿A quién no le gusta el flan?

   _____.

8. ¿A Fernando le gusta el chocolate?

   _____.

9. ¿A Hao Yun le gusta el queso?

   _____.

10. ¿A Pierre le gusta la fruta?

    _____.

（三）Conteste las preguntas según su condición.
請依照您真實的情況回答下列問題。

1. ¿A usted le gusta comer el chocolate? 您喜歡吃巧克力嗎？

   _____

2. ¿A usted le gusta comer el pan? 您喜歡吃麵包嗎？

   _____

3. ¿A usted le gusta comer el flan? 您喜歡吃布丁嗎？

   _____

4. ¿A usted qué le gusta comer? 您喜歡吃什麼？

   _____

5. ¿A usted qué no le gusta comer? 您不喜歡吃什麼？

   _____

Lección 6

Tiempo: Haciendo tu agenda. Expresando la hora y la fecha.

時間：安排行程、表達時間日期

本課學習目標：

- 能講出日期（某月某日）。
- 能搭配「SER」（是）這個動詞，說出日期和時間。
- 能講出完整的日期、年分、時間。
- 能講出自己和朋友的生日。
- 能問別人時間、日期。

一 Vocabulario 生詞

（一）Los días de la semana 一星期七天

 MP3-35

lunes 星期一 (m)

martes 星期二 (m)

miércoles 星期三 (m)

jueves 星期四 (m)

viernes 星期五 (m)

sábado 星期六 (m)

domingo 星期天 (m)

el fin de semana 週末 (m)

（二）Los meses del año 一年十二個月

enero 一月 (m)

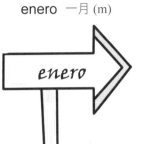

febrero 二月 (m)

marzo 三月 (m)

abril 四月 (m)

mayo 五月 (m)

junio 六月 (m)

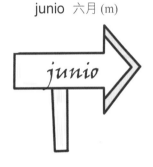

julio 七月 (m)

agosto 八月 (m)

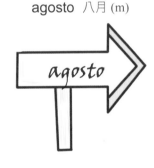

septiembre 九月 (m)

octubre 十月 (m)

noviembre 十一月 (m)

diciembre 十二月 (m)

6

▶ MP3-37

（一）SER現在式動詞變化：

SER 是		
	主詞	動詞變化
我是	Yo	soy
你是	Tú	eres
他是／她是／您是	Él / Ella / Usted	es
我們是（陽性）／ 我們是（陰性）	Nosotros / Nosotras	somos
你們是／妳們是	Vosotros / Vosotras	sois
他們是／她們是／您們是	Ellos / Ellas / Ustedes	son

（二）用法：

1. 回答某日是星期幾。

▷ A: ¿Qué día es＋日期（幾日）？ 請問某日是星期幾？

B:

> Ser 動詞變化＋ día de la semana（星期幾）.（某日）是星期_____。

Agosto 2023						
DO	LU	MA	MI	JU	VI	SÁ
		1	2	3	4	5
6	7	8	9	10	11	12
13	14	15	16	17	18	19
20	21	22	23	24	25	26
27	28	29	30	31		

▷ A: ¿Qué día es 3?　　3日是星期幾？

　　B: Es jueves.　　　　星期四。

▷ A: ¿Qué día es 11?　　11日是星期幾？

　　B: Es viernes.　　　 星期五。

▷ A: ¿Qué día es 28?　　28日是星期幾？

　　B: Es lunes.　　　　 星期一。

▷ A: ¿Qué día es 23?　　23日是星期幾？

　　B: Es miércoles.　　 星期三。

▷ A: ¿Qué día es 8?　　 8日是星期幾？

　　B: Es martes.　　　　星期二。

▷ A: ¿Qué día es 19?　　19日是星期幾？

　　B: Es sábado.　　　　星期六。

2. 回答今天幾日、星期幾。

▷ A: ¿Qué fecha es hoy? / ¿Qué día es hoy?　　今天是（幾月）幾日？

　　B:

> Hoy ＋ ser 動詞變化＋星期____＋日期 . 今天是____日，星期_____。

▷ Hoy es domingo 3.　　今天是3日，星期天。

▷ Hoy es lunes 11.　　　今天是11日，星期一。

▷ Hoy es jueves 28.　　 今天是28日，星期四。

▷ Hoy es sábado 23.　　 今天是23日，星期六。

▷ Hoy es viernes 8.　　　今天是8日，星期五。

▷ Hoy es martes 19.　　　今天是19日，星期二。

3. 回答今天是幾月、幾日。

> A: ¿Qué fecha es hoy? / ¿Qué día es hoy?　　今天（幾月）幾日？

> B:

> Hoy ＋ ser 動詞變化＋日期＋ de ＋月 .　今天是＿＿月＿＿日。

> Hoy es 9 de septiembre.　　　　今天是9月9日。

> Hoy es 25 de diciembre.　　　　今天是12月25日。

> Hoy es 1 de junio.　　　　　　今天是6月1日。

> Hoy es 10 de octubre.　　　　　今天是10月10日。

> Hoy es 8 de marzo.　　　　　　今天是3月8日。

> Hoy es 11 de abril.　　　　　　今天是4月11日。

4. 回答今天是幾年、幾月、幾日。

> A: ¿Qué fecha es hoy? / ¿Qué día es hoy?　　今天（幾年）（幾月）幾日？

> B:

> Hoy ＋ ser 動詞變化＋日期＋ de ＋月＋ de ＋年 .　今天是＿＿年＿＿月＿＿日。

> Hoy es 9 de septiembre de 2017.　今天是2017年9月9日。

> Hoy es 25 de diciembre de 2000.　今天是2000年12月25日。

> Hoy es 1 de junio de 1975.　　　今天是1975年6月1日。

> Hoy es 10 de octubre de 1986.　　今天是1986年10月10日。

> Hoy es 8 de marzo de 2014.　　　今天是2014年3月8日。

> Hoy es 11 de abril de 2011.　　　今天是2011年4月11日。

6

5. 看月曆、說日期，回答今天是幾年、幾月、幾日、星期幾。

| Marzo 2024 |||||||
DO	LU	MA	MI	JU	VI	SÁ
				1	2	3
4	5	6	7	8	9	10
11	12	13	14	15	16	17
18	19	20	21	22	23	24
25	26	27	28	29	30	31

> Hoy + ser 動詞變化＋日期＋ de ＋月＋ de ＋年. 今天是＿＿年＿＿月＿＿日、星期＿＿。

- ▷ Hoy es sábado 3 de marzo de 2024.　　　今天是2024年3月3日星期六。
- ▷ Hoy es lunes 5 de marzo de 2024.　　　今天是2024年3月5日星期一。
- ▷ Hoy es viernes 16 de marzo de 2024.　　　今天是2024年3月16日星期五。
- ▷ Hoy es domingo 18 de marzo de 2024.　　　今天是2024年3月18日星期天。
- ▷ Hoy es miércoles 21 de marzo de 2024.　　　今天是2024年3月21日星期三。
- ▷ Hoy es martes 27 de marzo de 2024.　　　今天是2024年3月27日星期二。

6. 生日快樂歌

Cumpleaños feliz.　　　　　　　　　祝你生日快樂。

Cumpleaños feliz.　　　　　　　　　祝你生日快樂。

Que los cumplas en tu día.　　　　　祝你的日子這天（充滿）快樂。

Que los cumplas feliz.　　　　　　　祝你生日快樂。

三　Posesivos　搭配所有格

▶ MP3-38

（一）所有格用法

Posesivos　所有格			
	主詞	Singular 單數	Plural 複數
我的	Yo	mi	mis
你的	Tú	tu	tus
他的／她的／您的	Él / Ella / Usted	su	sus
我們的（陽性）／ 我們的（陰性）	Nosotros / Nosotras	nuestro / nuestra	nuestros / nuestras
你們的／妳們的	Vosotros / Vosotras	vuestro / vuestra	vuestros / vuestras
他們的／她們的／您們的	Ellos / Ellas / Ustedes	su	sus

　　西班牙語的所有格分為「單數」和「複數」，單複數要用哪一種，是按照「後面名詞的單複數」來決定，例如：

▷ Es mi café.　　　　　這是我的咖啡。（一杯）

▷ Son mis cafés.　　　　這些是我的咖啡。（兩杯或以上）

▷ Es su Coca-Cola.

　　這是他的／她的／您的／他們的／她們的／您們的可樂。（一杯）

▷ Son sus Coca-Colas.

　　這些是他的／她的／您的／他們的／她們的／您們的可樂。（兩杯或以上）

　　大家應該發現了，「他的／她的／您的」和「他們的／她們的／您們的」這兩組的所有格都是「su」和「sus」，是完全一樣的。

　　不過不用擔心，在對話中，只要有一個情境，一定能夠根據前後文或說話者的動作，得知句子中的「su」或「su」是指誰的。

例如：

（三個朋友在速食店吃東西）

▷ A: ¿Es tu hamburguesa?　　　這是你的漢堡嗎？

B: No, no es mi hamburguesa. Es su hamburguesa.

不是，這不是我的漢堡，這是他的漢堡。

C: ¡Ah! Sí, es mi hamburguesa.　　啊，對！這是我的漢堡。

（二）用法

▷ A: ¿Cuándo es tu cumpleaños?　　你的生日是什麼時候？

B:

(1) 只講日期

　　Mi cumpleaños es（我的生日是）＋día（日）＋de＋mes（月）.

　　我的生日是＿＿＿＿月＿＿＿＿日。

(2) 加上年份

　　Mi cumpleaños es（我的生日是）＋día（日）＋de＋mes（月）＋de＋año

　　（年）. 我的生日是＿＿＿＿年＿＿＿＿月＿＿＿＿日。

＊ cumpleaños（生日）這個字，本身是單數，只是剛好最後一個字母是s，但它還是一
　 個單數的字喔！只要想著我們每個人的生日「只有一個」，就很容易記住了！

　　因此，所有格也要選擇單數形式：

　　▷ mi cumpleaños　　　我的生日

　　▷ tu cumpleaños　　　你的生日

　　▷ su cumpleaños　　　他的生日

　　▷ Mi cumpleaños es 19 de febrero.　　　我的生日是2月19日。

　　▷ Mi cumpleaños es 6 de diciembre.　　我的生日是12月6日。

　　▷ Tu cumpleaños es 11 de junio.　　　你的生日是6月11日。

　　▷ Tu cumpleaños es 9 de noviembre.　　你的生日是11月9日。

▷ Su cumpleaños es 28 de febrero de mil novecientos noventa y nueve.

他的生日是1999年2月28日。

▷ Su cumpleaños es 5 de julio de dos mil dos.

他的／她的／您的生日是2002年7月5日。

6

四　¿Qué hora es?　現在幾點？

▶ MP3-39

（一）整點

▷ A: ¿Qué hora es?　　　　　　現在幾點？

B: Son las ocho en punto.　　現在8點整。

> Ser 動詞＋ la / las ＋數字（點）＋（en punto　整）.

* 1點是用「Es la una」因為1點是單數，所以我們要用SER（是）這個動詞當中「他是」的「是」：es。
  2點之後都是複數，所以我們要用SER（是）這個動詞當中「他們是」的「是」：son。
  SER的動詞變化，請參考104頁的SER動詞變化表格。
* en punto是整點的意思，像是中文「1點『整』」的「整」，可說可不說。

▷ Es la una (en punto).　　　　現在1點（整）。

▷ Son las dos (en punto).　　　現在2點（整）。

▷ Son las tres (en punto).　　　現在3點（整）。

▷ Son las cuatro (en punto).　　現在4點（整）。

▷ Son las cinco (en punto).　　現在5點（整）。

▷ Son las seis (en punto).　　　現在6點（整）。

▷ Son las once (en punto).　　　現在11點（整）。

（二）幾點幾分

▷ A: ¿Qué hora es?　　　　　　現在幾點？

B: Son las tres y quince.　　　現在3點15分。

> Ser 動詞＋ la / las ＋數字（點）＋ y ＋數字（分）.　現在＿＿＿＿點＿＿＿＿＿分。

▷ Son las siete y cinco.　　　　現在7點5分。

▷ Son las ocho y diez.　　　　　現在8點10分。

▷ Son las nueve y quince. 現在9點15分。

▷ Son las diez y veinte. 現在10點20分。

▷ Son las doce y cuarenta y cinco. 現在12點45分。

▷ Son las once y treinta. 現在11點30分。

　= Son las once y media. 現在11點半。

＊ media：半，11點30分的「30分」，可以說「數字30」，也可以說「半」，與中文相同。

（三）一天當中的時段

▷ A: ¿Qué hora es? 現在幾點？

B: Son las once y cinco de la mañana. 現在早上11點5分。

Ser 動詞＋ la / las ＋數字（點）＋ y ＋數字（分）＋ de la / del ＋

一天當中的時段．

現在早上／中午／下午／晚上／半夜_____點_____分。

de la mañana	早上
del mediodía	中午
de la tarde	下午
de la noche	晚上
de la medianoche	半夜

＊ 只說早上、中午、下午、晚上、半夜時，介系詞用「en」或「por」。

例：Tomo un café por la mañana. / Tomo un café en la mañana. 我早上喝一杯咖啡。

Como un helado por la tarde. / Como un helado en la tarde.

我下午吃一個冰淇淋。

加上幾點幾分時，介系詞用「de」。

例：Tomo un café a las 8 de la mañana. 我早上8點喝一杯咖啡。

Como un helado a las 3:30 de la tarde. 我下午3點半吃一個冰淇淋。

* 「早上、下午、晚上、半夜」都是陰性的單字，所以前面的冠詞用「la」。

「中午」是陽性的單字，所以前面的冠詞用「el」，但是「de el」中間兩個相同母音「e」會不好發音，所以「de el」會變為「del」，方便發音。

關於陰陽性冠詞的觀念，可以翻回58頁（第三課的冠詞表）對照複習。

▷ Son las seis y cinco de la mañana.	現在早上6點5分。
▷ Son las ocho y quince de la mañana.	現在早上8點15分。
▷ Son las doce y diez del mediodía.	現在中午12點10分。
▷ Es la una y veinte de la tarde.	現在下午1點20分。
▷ Son las tres y cincuenta y cinco de la tarde.	現在下午3點55分。
▷ Son las nueve y treinta de la noche.	現在晚上9點30分。
= Son las nueve y media de la noche.	現在晚上9點半。
▷ Son las doce y cuarenta y cinco de la medianoche.	現在半夜12點45分。

6

五　Los ejercicios　課後練習

　　本課的課後練習多為數字，初學者不急著把數字的拼法都背起來，下面的問題寫不完整沒有關係，只要先會口語回答就可以了，一開始先把它講完整，接著可以練習加快速度，讓講這些亂數排列的數字變成自然反應。

（一）¿Qué fecha es hoy?　今天是幾月幾日？（月＋日）

1.　今天是 11 月 2 日。

　　_____

2.　今天是 5 月 13 日。

　　_____

3.　今天是 2 月 1 日。

　　_____

4.　今天是 6 月 30 日。

　　_____

5.　今天是 7 月 21 日。

　　_____

6.　今天是 8 月 8 日。

　　_____

6

（二）¿Qué fecha es hoy? 今天是幾月幾日？（年＋月＋日）

1. 今天是 2018 年 10 月 8 日。

_____

2. 今天是 2019 年 3 月 16 日。

_____

3. 今天是 2011 年 6 月 17 日。

_____

4. 今天是 1975 年 9 月 15 日。

_____

5. 今天是 1986 年 11 月 3 日。

_____

6. 今天是 2016 年 1 月 6 日。

_____

6

（三）¿Cuándo es su cumpleaños? 他的生日是什麼時候？

Luigi $\frac{3}{10}$

Miyuki $\frac{16}{8}$

Sebastián $\frac{17}{5}$

Pierre $\frac{15}{10}$

Silvia $\frac{11}{11}$

Frank $\frac{6}{1}$

＊ 西語的日期呈現方式跟中文是相反的，左上角寫「日」、右下角寫「月」。

1. ¿Cuándo es el cumpleaños de Luigi? Luigi 的生日是什麼時候？

_____

2. ¿Cuándo es el cumpleaños de Frank? Frank 的生日是什麼時候？

_____

3. ¿Es el 16 de enero el cumpleaños de Frank? Frank 的生日是 1 月 16 日嗎？

_____

4. ¿Es el 12 de diciembre el cumpleaños de Silvia? Silvia 的生日是 12 月 12 日嗎？

_____

5. ¿Cuándo es el cumpleaños de Sebastián? Sebastián 的生日是什麼時候？

_____

6. ¿Cuándo es el cumpleaños de tu mejor amigo? 你最好的朋友（男）的生日是什麼時候？（可以依照真實情況回答）

_____

7. ¿Cuándo es el cumpleaños de tu mejor amiga? 你最好的朋友（女）的生日是什麼時候？（可以依照真實情況回答）

_____

8. ¿Cuándo es el cumpleaños de tu novio? 你男朋友的生日是什麼時候？（可以依照真實情況回答）

_____

9. ¿Cuándo es el cumpleaños de tu novia? 你女朋友的生日是什麼時候？（可以依照真實情況回答）

_____

10. ¿Cuándo es tu cumpleaños? 你的生日是什麼時候？

_____

6

（四）¿Qué hora es? **現在幾點？**

1. 早上 11 點 45 分 _____

2. 早上 7 點 10 分 _____

3. 晚上 9 點 30 分 _____

4. 晚上 8 點 40 分 _____

5. 下午 1 點 5 分 _____

6. 下午 4 點 _____

6

Lección 7

Lugares Públicos: Preguntando direcciones, saliendo el fin de semana.

公共場所：出國問路、週末出遊

本課學習目標：

✓ 能講出 15～20 個常去的地方。

✓ 能搭配「IR」（去）、「ESTAR」（在）兩個動詞，表達自己去哪裡／在哪裡。

✓ 能搭配星期一～星期天，講自己的一日或一週行程。

✓ 能搭配星期一～星期天，問朋友一週的行程、計劃。

✓ 能搭配星期一～星期天，和朋友一起討論週末計劃。

一 Vocabulario 生詞

La cafetería 咖啡店 (f)

La pizzería 披薩店 (f)

La panadería 麵包店 (f)

La tetería 茶店 (f)

La librería 書店 (f)

La papelería 文具店 (f)

La tienda de conveniencia
便利商店 (f)

El restaurante 餐廳 (m)

El supermercado 超市 (m)

El centro comercial
百貨公司 (m)

El cine 電影院 (m)

El gimnasio 健身房 (m)

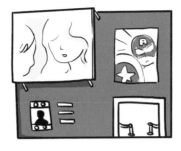

La discoteca 夜店／舞廳 (f)

El bar 酒吧 (m)

El hotel 飯店 (m)

La universidad 大學 (f)

La escuela 學校 (f)

La academia 補習班 (f)

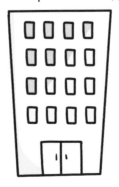

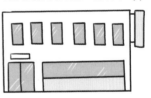

7

La oficina 辦公室 (f)

La empresa 公司 (f)

El trabajo 工作（的地方）(m)

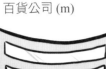

El parque 公園 (m)

La playa 海邊 (f)

La gasolinera 加油站 (f)

La biblioteca 圖書館 (f)

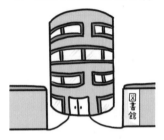

El hospital 醫院 (m)

La casa 家 (f)

El baño 廁所 (m)

La estación de tren 火車站 (f)

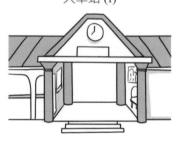

La parada de bus 公車站 (f)

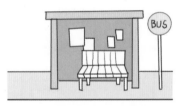

La estación de metro
捷運站 (f)

La estación de tren bala
高鐵站 (f)

El aeropuerto 飛機場 (m)

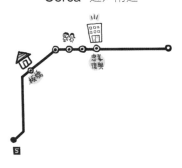

Aquí 這裡

Allí 那裡

Cerca 近／附近

Lejos 遠

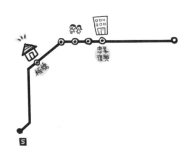

二 Verbo 1: IR 搭配動詞1：IR

▶ MP3-41

（一）IR現在式動詞變化：

IR 去		
	主詞	動詞變化
我去	Yo	voy
你去	Tú	vas
他去／她去／您去	Él / Ella / Usted	va
我們去（陽性）／ 我們去（陰性）	Nosotros / Nosotras	vamos
你們去	Vosotros / Vosotras	vais
他們去／她們去／您們去	Ellos / Ellas / Ustedes	van

（二）用法：

1. 某人去＿＿＿＿。（肯定句）

Ir 動詞變化＋ a ＋ la ＋陰性地方 .

Ir 動詞變化＋ al ＋陽性地方 . ┃⋯⋯▶

（原為Ir動詞變化＋a+el
＋陽性地方，「a+el」
兩個母音連在一起時，
為了方便發音，變化為
「al」）

▷ Voy a la cafetería.　　　　我去咖啡店。

▷ Vas a la pizzería.　　　　　你去披薩店。

▷ Va a la panadería.　　　　　他／她／您去麵包店。

▷ Vamos al supermercado.　　我們去超級市場。

▷ Vais al cine.　　　　　　　你們去電影院。

▷ Van al baño.　　　　　　　他們／她們／您們去廁所。

2. 某人不去_____。（否定句）

> No ir 動詞變化＋ a ＋ la ＋陰性地方 .

> No ir 動詞變化＋ al ＋陽性地方 .

▷ No voy a la discoteca.	我不去夜店／舞廳。
▷ No vas a la universidad.	你不去大學。
▷ No va a la escuela.	他／她／您不去學校。
▷ No vamos al hotel.	我們不去飯店。
▷ No vais al restaurante.	你們不去餐廳。
▷ No van al hotel.	他們／她們／您們不去飯店。

3. 某人去_____嗎？（肯定疑問句）

> ¿Ir 動詞變化＋ a ＋ la ＋陰性地方？

> ¿Ir 動詞變化＋ al ＋陽性地方？

可能使用情境：
1. 在路上碰到認識的人，猜想對方應該是去某地，寒暄一兩句。
2. 看到某人要離開，閒聊問對方是不是要去某地。
3. 旅行時在找路，被當地人問是不是要去某地（觀光景點、車站等）。

7

▷ A: ¿Vas a la escuela?	你去學校嗎？
B: Sí, voy a la escuela.	對，我去學校。
▷ A: ¿Vas a la oficina?	你去辦公室嗎？
B: Sí, voy a la oficina.	對，我去辦公室。
▷ A: ¿Vais a la estación de tren?	你們去火車站嗎？
B: No, no vamos a la estación de tren.	不，我們不去火車站。

4. 某人不去_____嗎？（否定疑問句）

> ¿No ir 動詞變化＋ a ＋ la ＋陰性地方？ ┃┄┄┄➤

> ¿No ir 動詞變化＋ al ＋陽性地方？ ┃┄┄┄➤

可能使用情境：
1. 大家都要一起去某地，但某人不去的時候。
2. 以為對方會去某個地方，但其實對方看起來沒有要去，出乎說話者意料之外。

▷ A: ¿No vais al gimnasio?   你們不去健身房嗎？

   B: Sí, vamos al gimnasio.   對，我們去健身房。

▷ A: ¿No van al trabajo?   他們／她們不去工作嗎？

   B: Sí, van al trabajo.   對，他們／她們去工作。

▷ A: ¿No van al parque?   他們／她們不去公園嗎？

   B: Sí, van al parque.   對，他們／她們去公園。

5. 某人去哪裡？

> ¿A ＋ dónde ＋ ir 動詞變化？ ┃┄┄┄┄┄┄┄┄┄

> Ir 動詞變化＋ al / a la 地方. 某人去某地。 ┃┄┄┄┄┄┄┄

▷ A: ¿A dónde vas?   你去哪裡？

   B: Voy a la estación de metro.   我去捷運站。

可能使用情境：
1. 在路上碰到認識的人，閒聊問對方要去哪裡，當作打招呼。
2. 看到某人要離開，閒聊問對方要去哪裡。
3. 旅行時在找路，被當地人問是不是要去某地（觀光景點、車站等）。

▷ A: ¿A dónde va?   他／她去哪裡？

   B: Va al aeropuerto.   他／她去飛機場。

▷ A: ¿A dónde vamos?   我們去哪裡？

   B: Vamos a la playa.   我們去海邊。

▷ A: ¿A dónde vais?   你們去哪裡？

   B: Vamos a la parada de bus.   我們去公車站。

▷ A: ¿A dónde van?   他們／她們去哪裡？

   B: Van a la universidad.   他們／她們去大學。

6. 某人什麼時候去某地？

¿Cuándo ＋ ir 動詞變化＋ a / a la ＋地方？

Ir 動詞變化＋ al / a la 地方＋時間. 某人某時候去某地。

▷ A: ¿Cuándo vas a la biblioteca?　　　你什麼時候去圖書館？

B: Voy a la biblioteca los lunes.　　　我每個星期一去圖書館。

▷ A: ¿Cuándo va a la playa?　　　他／她什麼時候去海邊？

B: Va a la playa el sábado en la tarde.　他／她星期六下午去海邊。

▷ A: ¿Cuándo vamos a la tetería?　　　我們什麼時候去茶店？

B: Vamos a la tetería el viernes en la noche.　我們星期五晚上去茶店。

▷ A: ¿Cuándo vais al centro comercial?　　你們什麼時候去百貨公司？

B: Vamos al centro comercial el jueves.　我們星期四去百貨公司。

▷ A: ¿Cuándo van al supermercado?　　他們什麼時候去超市？

B: Van al supermercado el 2 de abril.　他們4月2日去超市。

可能使用情境：
1. 已經知道對方會去某地，確認什麼時候要去。
2. 想跟一起旅行的人確認行程。

＊ 如果是一星期當中某天固定都會去的行程，日期用複數，例如：
Voy al gimnasio los sábados. 我（每個）星期六都去健身房。
如果是只有單獨那一天要去的地方，日期用單數，例如：
Voy al gimnasio el sábado. 我這個星期六去健身房。

7. 某人幾點去某地？

¿A qué hora ＋ ir 動詞變化＋ a / a la ＋地方？ 某人幾點去＿＿＿＿？

Ir 動詞變化＋ al / a la 地方＋ a ＋ las ＋時間. 某人某時候去某地。

▷ A: ¿A qué hora vas a la biblioteca?

你什麼時候（幾點）去圖書館？

B: Voy a la biblioteca a las nueve de la mañana.

我早上9點去圖書館。

可能使用情境：
1. 已經知道對方會去某地，確認什麼時候要去。
2. 想跟一起旅行的人確認行程。

▷ A: ¿A qué hora va a la playa?

他／她什麼時候（幾點）去海邊？

B: Va a la playa a las diez y media de la mañana.

他／她早上10點半去海邊。

▷ A: ¿A qué hora vamos a la tetería?

我們什麼時候（幾點）去茶店？

B: Vamos a la tetería a las ocho y quince de la noche.

我們晚上8點15分去茶店。

▷ A: ¿A qué hora vais al centro comercial?

你們什麼時候（幾點）去百貨公司？

B: Vamos al centro comercial a las doce del mediodía.

我們中午12點去百貨公司。

▷ A: ¿A qué hora van al supermercado?

他們／她們什麼時候（幾點）去超市？

B: Van al supermercado a las siete y cuarenta de la noche.

他們／她們晚上7點40分去超市。

7

三 Verbo 2: ESTAR 搭配動詞2：ESTAR

（一）ESTAR現在式動詞變化：

ESTAR 在＋地點		
	主詞	動詞變化
我在	Yo	estoy
你在	Tú	estás
他在／她在／您在	Él / Ella / Usted	está
我們在（陽性）／ 我們在（陰性）	Nosotros / Nosotras	estamos
你們在／妳們在	Vosotros / Vosotras	estáis
他們在／她們在／您們在	Ellos / Ellas / Ustedes	están

（二）用法：

1. 某人在＿＿＿＿。（肯定句）

> Estar 動詞變化＋ en ＋ el ＋陽性地方 .

> Estar 動詞變化＋ en ＋ la ＋陰性地方 .

▷	Estoy en la cafetería.	我在咖啡店。
▷	Estás en la pizzería.	你在披薩店。
▷	Está en la panadería.	他／她／您在麵包店。
▷	Estamos en el supermercado.	我們在超級市場。
▷	Estáis en el cine.	你們在電影院。
▷	Están en el baño.	他們／她們／您們在廁所。

7

2. 某人不在＿＿＿＿。（否定句）

> No estar 動詞變化＋ en ＋ el ＋陽性地方 .

> No estar 動詞變化＋ en ＋ la ＋陰性地方 .

▷ No estoy en la discoteca.　　　　　　我不在夜店／舞廳。

▷ No estás en la universidad.　　　　　你不在大學。

▷ No está en la escuela.　　　　　　　他／她／您不在學校。

▷ No estamos en el hotel.　　　　　　　我們不在飯店。

▷ No estáis en el restaurante.　　　　　你們不在餐廳。

▷ No están en el hotel.　　　　　　　　他們／她們／您們不在飯店。

3. 某人在＿＿＿＿嗎？（肯定疑問句）

> ¿Estar 動詞變化＋ en ＋ el ＋陽性地方 ？ ⊢⋯▶

> ¿Estar 動詞變化＋ en ＋ la ＋陰性地方 ？ ⊢⋯▶

可能使用情境：
1. 打手機給朋友時，問對方所在位置，可能準備去找對方。
2. 傳簡訊給朋友時，問對方所在位置，可能準備去找對方。

▷ A: ¿Estás en la escuela?　　　　　　你在學校嗎？

　 B: Sí, estoy en la escuela.　　　　　　對，我在學校。

▷ A: ¿Estás en la oficina?　　　　　　　你在辦公室嗎？

　 B: Sí, estoy en la oficina.　　　　　　對，我在辦公室。

▷ A: ¿Estáis en la estación de tren?　　　你們在火車站嗎？

　 B: No, no estamos en la estación de tren.　不，我們不在火車站。

7

4. 某人不在＿＿＿嗎？（否定疑問句）

> ¿No estar 動詞變化＋ en ＋ el ＋陽性地方？ ▌⋯▶

可能使用情境：
1. 大家都在某地，但某人不在的時候。
2. 以為對方在某個地方，但其實對方好像不在，出乎說話者意料之外。

> ¿No estar 動詞變化＋ en ＋ la ＋陰性地方？ ▌⋯▶

▷ A: ¿No estáis en el gimnasio? 　　　　你們不在健身房嗎？

　 B: No, no estamos en el gimnasio. 　不，我們不在健身房。

▷ A: ¿No están en el trabajo? 　　　　他們／她們不在工作的地方嗎？

　 B: Sí, están en el trabajo. 　　　　對，他們／她們在工作的地方。

▷ A: ¿No están en el parque? 　　　　他們／她們不在公園嗎？

　 B: No, no están en el parque. 　　不，他們／她們不在公園。

5. 某地方在哪裡？

> ¿Dónde ＋ estar 動詞變化＋ el ＋陽性地方？ ▌⋯▶

可能使用情境：
1. 旅行時問路。
2. 在地圖上找一個特定的店家、位置。

> ¿ Dónde ＋ estar 動詞變化＋ la ＋陰性地方？ ▌⋯▶

▷ A: ¿Dónde está el baño? 　　　　　廁所在哪裡？

　 B: El baño está allí. 　　　　　　廁所在那裡。

▷ A: ¿Dónde está la cafetería? 　　　咖啡店在哪裡？

　 B: La cafetería está allí. 　　　　咖啡店在那裡。

▷ A: ¿Dónde está la panadería? 　　麵包店在哪裡？

　 B: La panadería está lejos. 　　　麵包店很遠。

▷ A: ¿Dónde está el hotel? 　　　　飯店在哪裡？

　 B: El hotel está cerca. 　　　　　飯店很近。

▷ A: ¿Dónde está la parada de bus? 　公車站在哪裡？

　 B: La parada de bus está allí. 　　公車站在那裡。

▷ A: ¿Dónde está la discoteca? 　　夜店／舞廳在哪裡？

　 B: La discoteca está aquí. 　　　夜店／舞廳在這裡。

7

四　Diálogo　即學即用

（一）Llamar al amigo para saber dónde está.
　　　　打電話問朋友在哪裡。

▶ MP3-43

A: ¡Hola! ¿Dónde estás?　　　　　　嗨！你在哪裡啊？

B: Estoy en la universidad.　　　　　我在大學！

A: ¿Dónde en la universidad?　　　　大學的哪裡？

B: En la cafetería.　　　　　　　　　咖啡店裡面。

A: Bueno, voy a la cafetería entonces.　好，那我去咖啡店。

B: Está bien, hasta luego.　　　　　好，待會見。

　　以下為對話中出現的生詞，目前可先將對話的句子記起來練熟即可，往後於其他主題的課程再分別練習這些生詞。

＊ Bueno　好、ok
＊ Está bien　好、ok
＊ entonces　那麼、所以

（Llegando a la cafetería...） 到了咖啡店……

（二）Preguntar al amigo sobre el plan del fin de semana.
問朋友的週末計劃。

▶ MP3-44

A: ¿A dónde vas este <u>sábado</u>?　　　你這個星期六去哪裡？

B: Voy <u>al cine</u>.　　　我去電影院。

A: ¿A qué hora vas <u>al cine</u>?　　　你幾點去電影院？

B: Voy al cine <u>a las 4:20 de la tarde</u>.　　　我下午 4 點 20 分去電影院。

A: Y <u>tu novio</u>, ¿a dónde va?　　　那你男朋友呢？去哪裡？

B: Va <u>a la casa de su amigo</u>.　　　他去他朋友家。

（三）Planear el fin de semana con un amigo.
跟朋友聊週末的共同計劃。

A: ¿A dónde vamos este <u>domingo</u>? 我們這個星期天去哪裡？

B: Vamos <u>a la playa</u>. 我們去海邊。

A: ¿A qué hora vamos? 我們幾點去？

B: Vamos <u>a las 8 de la mañana</u>. 我們早上 8 點去。

A: ¿Y a dónde vamos <u>en la tarde</u>? 那我們下午去哪裡？

B: Vamos a <u>una cafetería nueva</u>. 下午去一間新的咖啡店。

A: Vale. 好啊。

B: ¿<u>Tu novia</u> va también? 你女朋友也去嗎？

A: Sí. ¿<u>Y tu esposo</u>? 是啊！那你先生呢？

B: <u>Él</u> también va. 他也去。

A: ¡Qué bien! ¡Vamos <u>los cuatro</u>! 太棒了，我們四個都去！

以下為對話中出現的生詞，目前可先將對話的句子記起來熟練即可，往後於其他主題的課程再分別練習這些生詞。

* novio 男朋友
* novia 女朋友
* esposo 先生
* vale 好啊
* nueva 新的

五　Los ejercicios　課後練習

（一） Cree un nuevo diálogo utilizando las palabras aprendidas en los diálogos de ésta lección.

請將前面「即學即用」的三小段對話劃線的部分代換成其他以前學過的生詞，做出一個新的對話。

（二） Lea la agenda de Silvia, una gerente y responda las preguntas siguientes.

閱讀一位公司主管Silvia的一週行程表，並回答問題。

	lunes 星期一	martes 星期二	miércoles 星期三	jueves 星期四	viernes 星期五
	lunes	martes	miércoles	jueves	viernes
En la mañana 早上	Estar en la oficina 在辦公室	Estar en la universidad 在大學	Estar en la oficina 在辦公室	Estar en la universidad 在大學	Estar en la oficina 在辦公室
En la tarde 下午	Ir al gimnasio 去健身房	Ir a la biblioteca 去圖書館	Estar en la oficina 在辦公室	Estar en la oficina 在辦公室	Ir al gimnasio 去健身房
En la noche 晚上	Estar en casa 在家	Estar en casa 在家	Ir a la clase de español 去上西班牙語課	Ir al supermercado 去超市	Ir al bar 去酒吧

7

ciento treinta y cinco **135**

1. ¿Dónde está Silvia el lunes en la noche? Silvia 星期一晚上在哪裡？

   _____

2. ¿Cuándo va Silvia al bar? Silvia 什麼時候去酒吧？

   _____

3. ¿Cuándo va Silvia a la biblioteca? Silvia 什麼時候去圖書館？

   _____

4. ¿Cuándo va Silvia a la universidad? Silvia 什麼時候去大學？

   _____

5. ¿A dónde va Silvia el jueves en la noche? Silvia 星期四晚上去哪裡？

   _____

6. ¿Silvia va a la biblioteca el martes? Silvia 星期二去圖書館嗎？

   _____

7. ¿Silvia va a la clase de español el jueves? Silvia 星期四去上西班牙語課嗎？

   _____

8. ¿Silvia está en la oficina el martes en la tarde? Silvia 星期二下午在辦公室嗎？

   _____

9. ¿Silvia está en la casa el miércoles en la mañana? Silvia 星期三早上在家嗎？

   _____

10. ¿Silvia va al gimnasio el lunes? Silvia 星期一去健身房嗎？

   _____

7

（三）Escriba en español su plan del fin de semana.

用西班牙語製作你的週末行程表。

	sábado 星期六	domingo 星期天
En la mañana 早上		
En la tarde 下午		
En la noche 晚上		

（四）Seleccione la opción correcta. **請選出正確可搭配的動詞。**

Ejemplo:

例：Estoy /(Voy) a la escuela los lunes. 我星期一去學校。

1. El martes en la mañana estoy / voy en la casa. 我星期二早上在家。

2. Los sábados Luigi va / esta al supermercado. Luigi（每個）星期六去超級市場。

3. Silvia y yo vamos / estamos al gimnasio los domingos. Silvia 跟我（每個）星期天
都去健身房。

4. Vosotras estamos / vais a la estación de tren. 你們去火車站。

5. Mis amigos están / van en el centro comercial. 我的朋友們在百貨公司。

7

（五）Conteste las siguientes preguntas según su situación real.
請按照您的真實情形回答下列問題。

1. ¿A dónde va este sábado en la noche? 您這個星期六晚上去哪裡？

   _____

2. ¿A dónde va este domingo en la mañana? 您這個星期天早上去哪裡？

   _____

3. ¿Cuándo va a su oficina? 您什麼時候去您的辦公室？

   _____

4. ¿A qué hora va a su casa? 您幾點回家？

   _____

5. ¿Dónde está ahora? 您現在在哪裡？

   _____

7

8

Transporte: Viajando con independencia, escogiendo cómo llegar a tu destino.

交通工具：旅行路線 安排自己來

本課學習目標：

☑ 能講出 15 ～ 20 個交通工具。

☑ 能搭配「IR」（去）、「SALIR」（離開／出發）、「LLEGAR」（到達） 三個動詞表達行程。

☑ 能搭配公共場所，描述自己如何去哪些地方。

☑ 能搭配公共場所、時間，做出一個簡易版的旅行行程。

☑ 能詢問要到某處的交通工具，以及離開、到達時間。

學習時數：2 ～ 4 小時

▶ MP3-46

El carro / el coche 汽車 (m)

（拉丁美洲用／西班牙用）

El taxi 計程車 (m)

El autobús 公車 (m)

El metro 捷運 (m)

La moto 機車 (f)

La bicicleta 腳踏車 (f)

El tren 火車 (m)

El tren bala 高鐵 (m)

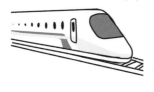

El avión 飛機 (m)

El barco 船 (m)

El carruaje 馬車 (m)

El teleférico 纜車 (m)

El globo 熱氣球 (m)

Caminar (Ir caminando) 走路

Correr (Ir corriendo) 跑步

二　Verbo 1: IR　搭配動詞1：IR

（一）IR現在式動詞變化：

IR 去		
	主詞	動詞變化
我去	Yo	voy
你去	Tú	vas
他去／她去／您去	Él / Ella / Usted	va
我們去（陽性）／ 我們去（陰性）	Nosotros / Nosotras	vamos
你們去／妳們去	Vosotros / Vosotras	vais
他們去／她們去／您們去	Ellos / Ellas / Ustedes	van

（二）用法：

1. 某人＋開／騎／搭＋交通工具＋去。（肯定句）

> Ir 動詞變化＋ en ＋ transporte（交通工具）.

- ▷ Voy en coche.　　　　我開車去。
- ▷ Vas en tren bala.　　　你搭高鐵去。
- ▷ Va en tren.　　　　　他／她／您搭火車去。
- ▷ Vamos en autobús.　　我們搭公車去。
- ▷ Vais en avión.　　　　你們搭飛機去。
- ▷ Van caminando.　　　他們／她們／您們走路去。

8

2. 某人＋不＋開／騎／搭＋交通工具＋去。（否定句）

> No ir 動詞變化＋ en ＋ transporte（交通工具）.

▷ No voy en taxi.　　　　　　　　　我不搭計程車去。

▷ No vas en carruaje.　　　　　　　你不搭馬車去。

▷ No va en tren bala.　　　　　　　他／她／您不搭高鐵去。

▷ No vamos caminando.　　　　　　我們不走路去。

▷ No vais en barco.　　　　　　　　你們不搭船去。

▷ No van en bicicleta.　　　　　　他們／她們／您們不騎腳踏車去。

3. 某人＋開／騎／搭＋交通工具＋去嗎？（肯定疑問句）

> ¿Ir 動詞變化＋ en ＋ transporte（交通工具）? ┃···▶

可能使用情境：
1. 看到對方正要離開，可以問對方要去哪裡，接著問怎麼去。
2. 旅行時和朋友確認交通方式。

▷ A: ¿Vas en tren?　　　　　　　　你搭火車去嗎？

　B: Sí, voy en tren.　　　　　　　對，我搭火車去。

▷ A: ¿Vamos caminando?　　　　　我們走路去嗎？

　B: No, no vamos caminando. Vamos en bicicleta.

　不，我們不走路去，我們騎腳踏車去。

▷ A: ¿Vamos en autobús?　　　　　我們搭公車去嗎？

　B: Sí, vamos en autobús.　　　　對，我們搭公車去。

▷ A: ¿Vais en tren bala?　　　　　你們搭高鐵去嗎？

　B: No, no vamos en tren bala. Vamos en tren.

　不，我們不搭高鐵去，我們搭火車去。

▷ A: ¿Va en taxi?　　　　　　　　他／她搭計程車去嗎？

　B: Sí, va en taxi.　　　　　　　對，他／她搭計程車去。

▷ A: ¿Van corriendo?　　　　　　他們／她們跑步去嗎？

　B: No, no van corriendo. Van en moto.

　不，他們／她們不跑步去。他們／她們騎摩托車去。

4. 某人＋不＋開／騎／搭＋交通工具＋去嗎？（否定疑問句）

¿No ir 動詞變化＋ en ＋ transporte（交通工具）? ┣┄┄▶

可能使用情境：
1. 大家都一起搭某種交通工具，但某人不搭的時候。
2. 以為對方會搭某種交通工具，但其實對方好像沒有要這麼做，出乎說話者意料之外。

▷ A: ¿No van en bicicleta?

他們／她們不騎腳踏車去嗎？

B: No, no van en bicicleta. Van en moto.

不，他們／她們不騎腳踏車去。他們／她們騎摩托車去。

▷ A: ¿No vas caminando?　　　你不走路去嗎？

B: No, no voy caminando. Voy en taxi.　不，我不走路去，我搭計程車去。

▷ A: ¿No vais corriendo?　　　你們不跑步去嗎？

B: Sí, vamos corriendo.　　　對，我們跑步去。

▷ A: ¿No va en coche?　　　　他／她不開車去嗎？

B: Sí, va en coche.　　　　　對，他／她開車去。

5. 某人＋開／騎／搭＋交通工具＋去＋某處。

Ir a ＋ la 陰性公共場所＋ en ＋ transporte（交通工具）.

Ir ＋ al 陽性公共場所＋ en ＋ transporte（交通工具）.

▷ Voy a la oficina en bicicleta.　　　我騎腳踏車去辦公室。

▷ Vamos a la discoteca en taxi.　　　我們坐計程車去舞廳。

▷ Vamos a la clase en moto.　　　　我們騎機車去上課。

▷ Vais a la cafetería en coche.　　　你們開車去咖啡店。

▷ Van a la universidad en metro.　　　他們／她們／您們坐捷運去大學。

▷ Va al supermercado caminando.　　　他／她／您走路去超級市場。

8

三 Verbo 2: SALIR 搭配動詞2：SALIR

▶ MP3-48

（一）SALIR現在式動詞變化：

SALIR 離開／出發		
	主詞	動詞變化
我離開／出發	Yo	salgo
你離開／出發	Tú	sales
他／她／您離開／出發	Él / Ella / Usted	sale
我們離開／出發（陽性）／ 我們離開／出發（陰性）	Nosotros / Nosotras	salimos
你們／妳們離開／出發	Vosotros / Vosotras	salís
他們／她們／您們離開／出發	Ellos / Ellas / Ustedes	salen

（二）用法：

1. 某種交通工具幾點開／出發？

可能使用情境：
1. 旅行時向當地人詢問交通工具班次。
2. 跟朋友確認行程表。

¿A qué hora（幾點）+ salir 動詞變化＋交通工具？

▷ A: ¿A qué hora sale el tren?   火車幾點出發？

  B: El tren sale a las 8:40 de la mañana.   火車早上8點40分出發。

▷ A: ¿A qué hora sale el avión?   飛機幾點起飛？

  B: El avión sale a las 9:00 de la noche.   飛機晚上9點起飛。

▷ A: ¿A qué hora sale el barco?   船幾點開？

  B: El barco sale a las 4:15 de la tarde.   船下午4點15分開。

▷ A: ¿A qué hora sale el teleférico?   纜車幾點開？

  B: El teleférico sale a las 5:30 de la tarde.   纜車下午5點30分開。

2. 某人幾點出發？

¿A qué hora（幾點）＋ salir 動詞變化＋（某人）？ ┃┄┄➤

可能使用情境：
1. 知道對方接下來有行程，互相確認時間。
2. 看到對方正在準備出門，互相確認時間。

▷ A: ¿A qué hora sales tú?　　　　　　　你幾點出發？

  B: Salgo a las 8:00 de la mañana.　　　我早上8點出發。

▷ A: ¿A qué hora sale María?　　　　　　María幾點出發？

  B: María sale a las 9:30 de la noche.　María晚上9點30分出發

▷ A: ¿A qué hora salen tus amigos?　　　你的朋友們幾點出發？

  B: Mis amigos salen a las 4:15 de la tarde.　我的朋友們下午4點15分出發。

▷ A: ¿A qué hora salís?　　　　　　　　你們幾點出發？

  B: Salimos a las 3:45 de la tarde.　　我們下午3點45分出發。

8

四　Verbo 3: LLEGAR　搭配動詞3：LLEGAR

▶ MP3-49

（一）LLEGAR現在式動詞變化：

LLEGAR　到達		
	主詞	動詞變化
我到達	Yo	llego
你到達	Tú	llegas
他／她／您到達	Él / Ella / Usted	llega
我們到達（陽性）／ 我們到達（陰性）	Nosotros / Nosotras	llegamos
你們到達／妳們到達	Vosotros / Vosotras	llegáis
他們／她們／您們到達	Ellos / Ellas / Ustedes	llegan

（二）用法：

1. 某種交通工具幾點到？

> ¿A qué hora（幾點）＋ llegar 動詞變化＋交通工具？ |･･･▶

可能使用情境：
1. 旅行時向當地人詢問交通工具班次。
2. 跟朋友確認行程表。

> A: ¿A qué hora llega el autobús?　　　　　公車幾點到？
>
> B: El autobús llega a las 8:30 de la noche.　公車晚上8點30分到。

> A: ¿A qué hora llega el tren bala?　　　　　高鐵幾點到？
>
> B: El tren bala llega a las 11:20 de la mañana.　高鐵早上11點20分到。

> A: ¿A qué hora llega el tren?　　　　　　　火車幾點到？
>
> B: El tren llega a la 1 de la tarde.　　　　火車下午1點到。

> A: ¿A qué hora llega el barco?　　　　　　船幾點到？
>
> B: El barco llega a las 4:50 de la tarde.　　船下午4點50分到。

2. 某人幾點到？

¿A qué hora（幾點）＋ llegar 動詞變化＋（某人）？

可能使用情境：
1. 知道對方接下來有行程，互相確認時間。
2. 知道對方可能快要到了，互相確認時間。

▷ A: ¿A qué hora llegas?   你幾點到？

B: Llego a las 9:15 de la noche.   我晚上9點15分到。

▷ A: ¿A qué hora llega usted?   您幾點到？

B: Llego a las 7:05 de la noche.   我晚上7點5分到。

▷ A: ¿A qué hora llegan los profesores?   教授們幾點到？

B: Los profesores llegan a la 1:15 de la tarde.   教授們下午1點15分到。

▷ A: ¿A qué hora llegáis?   你們幾點到？

B: Llegamos a las 3:30 de la tarde.   我們下午3點30分到。

8

五 Diálogo 即學即用

（一）Al encontrar un amigo en la calle 1. **在路上遇到朋友1。**

▶ MP3-50

A: ¡Hola!   你好！

B: ¡Hola!   你好！

A: ¿A dónde vas?   你去哪裡？

B: Voy al gimnasio.   我去健身房。

A: ¿Cómo vas al gimnasio?   你怎麼去健身房？

B: Voy al gimnasio en moto.   我騎機車去健身房。
　　　¿Y tú, a dónde vas?   那你去哪裡？

A: Voy al cine.   我去電影院。

B: ¿Cómo vas al cine?   你怎麼去電影院？

A: Voy al cine en autobús.   我坐公車去電影院。
　　　¡Ah! Ya llega el autobús.   啊，公車來了！

B: ¡Adiós!   再見！

A: ¡Hasta pronto!   再見！

8

（二）Al encontrar un amigo en la calle 2. **在路上遇到朋友2。**

▶ MP3-51

A: ¡Hola! 你好！

B: ¡Hola! 你好！

A: ¿A dónde vas? 你去哪裡？

B: Voy a Taipei. 我去台北。

A: ¿Cómo vas a Taipei? 你怎麼去台北？

B: Voy a Taipei en tren bala. 我搭高鐵去台北。

A: ¿A qué hora sale el tren bala? 高鐵幾點開？

B: El tren bala sale a las 10:25 de la mañana. 高鐵早上 10 點 25 分開。

A: ¿A qué hora llega a Taipei el tren bala? 高鐵幾點到台北？

B: El tren bala llega a Taipei a las 10:55 de la mañana. 高鐵早上 10 點 55 分到台北。
   ¿Y tú, a dónde vas? 你呢？去哪裡？

A: Voy a mi casa. ¡Adiós! 我（要）回家了！再見！

B: ¡Adiós! 再見！

六 Los ejercicios 課後練習

（一）Conteste las preguntas según las fotos.

請看以下圖片回答問題。

	La discoteca 舞廳	La biblioteca 圖書館
	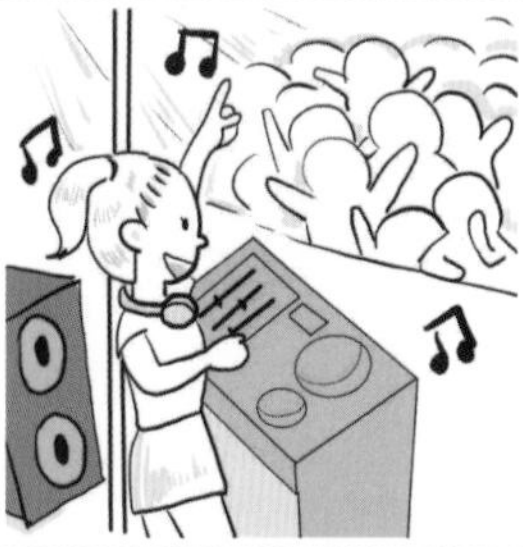	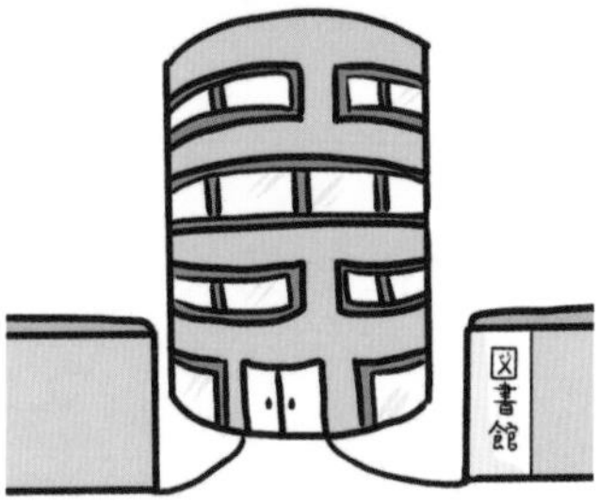
Charles	taxi 計程車	caminando 走路
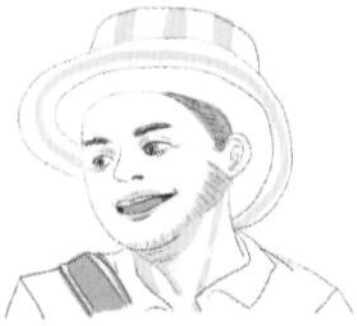	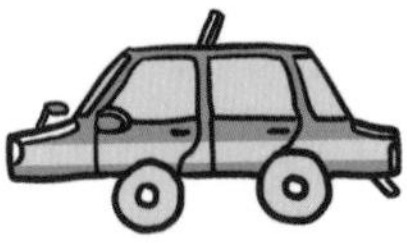	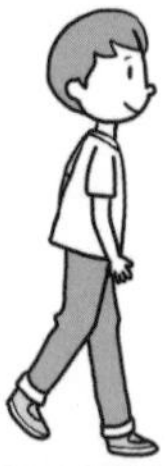
Pierre	taxi 計程車	coche 開車
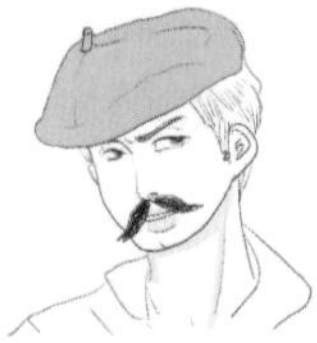	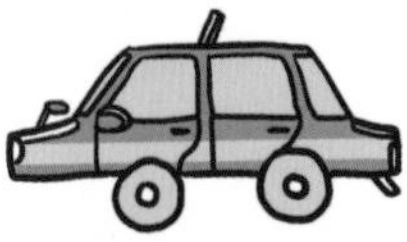	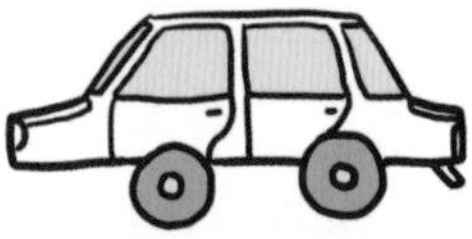
Miyuki	metro 捷運	coche 開車
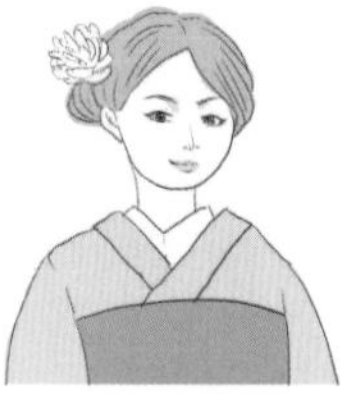	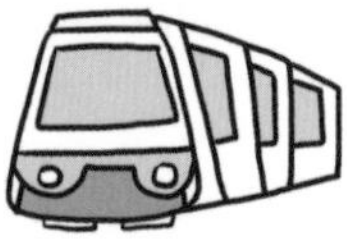	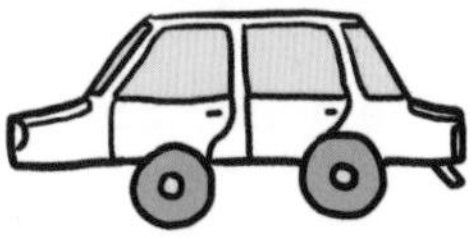
Silvia	autobús 公車	bicicleta 腳踏車
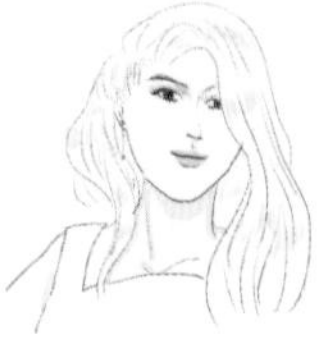	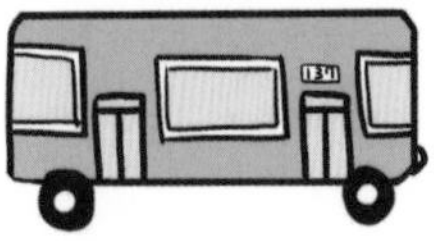	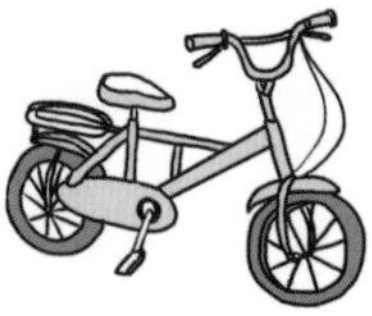

	La oficina 辦公室	El restaurante 餐廳
Charles	moto 機車	bicicleta 腳踏車
Pierre	coche 開車	taxi 計程車
Miyuki	bicicleta 腳踏車	moto 機車
Silvia	caminando 走路	moto 機車

8

1. ¿Cómo va Charles a la biblioteca? Charles 怎麼去圖書館？

_____

2. ¿Cómo va Silvia a la oficina? Silvia 怎麼去辦公室？

_____

3. ¿Cómo va Miyuki al restaurante? Miyuki 怎麼去餐廳？

_____

4. ¿Cómo va Pierre a la discoteca? Pierre 怎麼去舞廳？

_____

5. ¿Va Silvia en moto a la discoteca? Silvia 騎機車去舞廳嗎？

_____

6. ¿Va Miyuki en coche al restaurante? Miyuki 坐車去餐廳嗎？

_____

7. ¿Va Pierre en bicicleta a la oficina? Pierre 騎腳踏車去辦公室嗎？

_____

8. ¿Va Charles caminando a la biblioteca? Charles 走路去圖書館嗎？

_____

9. ¿Quién va en bicicleta al restaurante? 誰騎腳踏車去餐廳？

_____

10. ¿Quién va en bicicleta a la oficina? 誰騎腳踏車去辦公室？

_____

8

（二）Conteste las preguntas según la tabla.

請看以下表格回答問題。

Nombre 人名	Transporte 交通工具	de Hsinchu a Taipei 從新竹到台北	
		Sale 出發	Llega 到達
Charles	tren bala 高鐵	10:05am	10:35am
Sebastián	tren 火車	8:00am	9:15am
Silvia	autobús 公車	11:00am	12:25pm

Nombre 人名	Transporte 交通工具	de Taipei a Hsinchu 從台北到新竹	
		Sale 出發	Llega 到達
Charles	tren bala 高鐵	6:10pm	6:40pm
Sebastián	tren 火車	6:00pm	7:15pm
Silvia	autobús 公車	7:25pm	8:40pm

1. ¿Cómo va Charles a Taipei? Charles 怎麼去台北？

   _____

2. ¿A qué hora sale el autobús de Taipei? 公車幾點從台北出發？

   _____

3. ¿Cómo va Silvia a Hsinchu? Silvia 怎麼去新竹？

   _____

4. ¿A qué hora llega Sebastián a Hsinchu? Sebastián 幾點到新竹？

   _____

5. ¿Quién va a Taipei en autobús? 誰搭公車到台北？

   _____

6. ¿Quién va a Hsinchu en tren bala? 誰搭高鐵到新竹？

   _____

8

7. ¿A qué hora llega el tren bala a Hsinchu? 高鐵幾點到新竹？

_____

8. ¿A qué hora sale el tren de Hsinchu? 火車幾點從新竹出發？

_____

9. ¿Quién va a Hsinchu en tren? 誰搭火車到新竹？

_____

10. ¿Quién llega a Hsinchu a las 7:15? 誰晚上 7 點 15 分到新竹？

_____

（三）Conteste las preguntas según su condición.
請依照您真實的情況回答下列問題。

1. ¿Cómo va a su oficina? 您怎麼去辦公室？

_____

2. ¿A qué hora sale de su casa? 您幾點離開家？

_____

3. ¿A qué hora llega a su oficina? 您幾點到辦公室？

_____

4. ¿Cómo va a su casa? 您怎麼回家？

_____

5. ¿A qué hora llega a su casa? 您幾點到家？

_____

6. ¿Va al supermercado en coche? 您開車去超市嗎？

_____

7. ¿Va al restaurante en moto? 您騎機車去餐廳嗎？

_____

8. ¿Va al gimnasio en bicicleta? 您騎腳踏車去健身房嗎？

_____

8

Lección 9

Idioma y Nacionalidad: Conociendo amigos de diferentes países.

語言國籍：和世界各國的人交流

本課學習目標：

✅ 能搭配動詞「HABLAR」（說）講出自己會說的語言。

✅ 能搭配動詞「ESTUDIAR」（念／學習）講出自己正在學的語言。

✅ 能搭配動詞「SER」（是）講出自己的國籍。

✅ 能問別人會不會說某種語言。

✅ 能問別人的國籍。

✅ 能問「西班牙語的ＸＸ怎麼說？」

✅ 能簡單自我介紹。

▶ MP3-52

| Taiwán 台灣 | Guatemala 瓜地馬拉 | España 西班牙 |

chino 中文
taiwanés 台語

español 西班牙語

español 西班牙語

taiwanés 台灣人（男）

guatemalteco
瓜地馬拉人（男）

español 西班牙人（男）

taiwanesa 台灣人（女）

guatemalteca
瓜地馬拉人（女）

española 西班牙人（女）

| China 中國 | Los Estados Unidos 美國 | Canadá 加拿大 |

chino 中文

inglés 英語

inglés 英語
francés 法語

9

chino 中國人（男）

estadounidense
美國人（男／女）

canadiense
加拿大人（男／女）

china 中國人（女）

estadounidense
美國人（男／女）

canadiense
加拿大人（男／女）

Brasil 巴西	Francia 法國	Alemania 德國

portugués 葡萄牙語

francés 法語

alemán 德語

brasileño 巴西人（男）

francés 法國人（男）

alemán 德國人（男）

9

brasileña 巴西人（女）   francesa 法國人（女）   alemana 德國人（女）

Italia 義大利	Japón 日本	Corea 韓國

italiano 義大利語   japonés 日語   coreano 韓語

italiano 義大利人（男）   japonés 日本人（男）   coreano 韓國人（男）

italiana 義大利人（女）   japonesa 日本人（女）   coreana 韓國人（女）

9

Vietnam 越南	Indonesia 印尼	Tailandia 泰國

vietnamita 越南語   indonesio 印尼語   tailandés 泰語

vietnamita 越南人（男／女）

indonesio 印尼人（男）

tailandés 泰國人（男）

vietnamita 越南人（男／女）

indonesia 印尼人（女）

tailandesa 泰國人（女）

India 印度

hindi 印地語

Rusia 俄羅斯

ruso 俄語

Filipinas 菲律賓

filipino 菲律賓語
inglés 英語

indio 印度人（男）

india 印度人（女）

ruso 俄國人（男）

rusa 俄國人（女）

filipino 菲律賓人（男）

filipina 菲律賓人（女）

9

▶ MP3-53

（一）HABLAR現在式動詞變化：

HABLAR　說		
	主詞	動詞變化
我說	Yo	hablo
你說	Tú	hablas
他說／她說／您說	Él / Ella / Usted	habla
我們說（陽性）／ 我們說（陰性）	Nosotros / Nosotras	hablamos
你們說／妳們說	Vosotros / Vosotras	habláis
他們說／她們說／您們說	Ellos / Ellas / Ustedes	hablan

* HABLAR這個動詞，就已經有「會」的意思在裡面，不必再用「PODER」（會）這個
動詞。

（二）用法：

1. 某人會說＿＿＿＿＿＿。（肯定句）

> Hablar 動詞變化＋ idioma（語言）.

> ▷ (Yo) hablo español.　　　　　　我（會）說西班牙語。

> ▷ (Tú) hablas chino.　　　　　　你（會）說中文。

> ▷ (Ella) habla alemán.　　　　　她（會）說德語。

> ▷ (Nosotras) hablamos francés.　　我們（會）說法語。

> ▷ (Vosotros) habláis ruso.　　　　你們（會）說俄羅斯語。

> ▷ (Ustedes) hablan tailandés.　　您們（會）說泰語。

* 括弧中的主詞也可省略不說，詳細解釋可以參考第61頁上方的說明。

9

2. 某人不會說＿＿＿＿＿。（否定句）

> No hablar 動詞變化＋ idioma（語言）.

▷ Yo no hablo indonesio.	我不（會）説印尼語。
▷ Tú no hablas hindi.	你不（會）説印地語。
▷ Usted no habla vietnamita.	您不（會）説越南語。
▷ Nosotros no hablamos coreano.	我們不（會）説韓語。
▷ Vosotras no habláis japonés.	妳們不（會）説日語。
▷ Ellas no hablan portugués.	她們不（會）説葡萄牙語。

3. 某人會說＿＿＿＿嗎？（肯定疑問句）

> ¿Hablar 動詞變化＋ idioma（語言）? ⟼ 可能使用情境：
> 1. 認識新朋友時，詢問對方會說什麼語言。
> 2. 目前西語初級，但出國旅行時，有特殊情況，要找會說中文或英語的人來幫忙。

▷ A: ¿Hablas alemán?	你（會）説德語嗎？
B: Sí, hablo alemán.	對，我（會）説德語。
▷ A: ¿Habláis indonesio?	你們（會）説印尼語嗎？
B: No, no hablamos indonesio.	不會，我們不（會）説印尼語。
▷ A: ¿Hablan ellos filipino?	他們（會）説菲律賓語嗎？
B: Sí, ellos hablan filipino.	對，他們（會）説菲律賓語。
▷ A: ¿Habla usted chino?	您（會）説中文嗎？
B: Sí, hablo chino.	對，我（會）説中文。
▷ A: ¿Hablas italiano?	你（會）説義大利語嗎？
B: No, no hablo italiano.	不會，我不（會）説義大利語。
▷ A: ¿Hablan ellas vietnamita?	她們（會）説越南語嗎？
B: Sí, ellas hablan vietnamita.	對，她們（會）説越南語。

＊ 出國旅行時，為表示尊重對方文化，如果需要找到會説英語或中文的人，先用西語問
「¿Habla inglés?」（您會説英語嗎？）或「¿Habla chino?」（您會説中文嗎？），
會比您直接用英語説「Do you speak English?」得到更熱情的回應和幫助喔！

4. 某人不會說＿＿＿嗎？（否定疑問句）

> ¿No hablar 動詞變化＋ idioma（語言）？ ┊┈┈┈▶

可能使用情境：
1. 大家都在講某種語言，但發現某人好像都沒反應聽不懂。
2. 以為對方會講某種語言，但其實對方好像不太會，出乎說話者意料之外。

▷ A: ¿No hablas ruso? 　　　　　　　你不（會）説俄語嗎？

　 B: No, no hablo ruso. 　　　　　　不會，我不（會）説俄語。

▷ A: ¿No habla chino? 　　　　　　　他／她不（會）説中文嗎？

　 B: Sí, habla chino. 　　　　　　　對，他／她（會）説中文。

▷ A: ¿No hablan ellos filipino? 　　　　他們不（會）説菲律賓語嗎？

　 B: No, ellos no hablan filipino. 　　不會，他們不（會）説菲律賓語。

▷ A: ¿No hablas español? 　　　　　　你不（會）説西班牙語嗎？

　 B: Sí, hablo español. 　　　　　　對，我（會）説西班牙語。

▷ A: ¿No habláis inglés? 　　　　　　你們不（會）説英語嗎？

　 B: Sí, hablamos inglés. 　　　　　對，我們（會）説英語。

▷ A: ¿No hablan ustedes coreano? 　　您們不（會）説韓語嗎？

　 B: No, no hablamos coreano. 　　不會，我們不（會）説韓語。

三 Verbo 2: DECIR 搭配動詞2：DECIR

▶ MP3-54

（一）DECIR現在式動詞變化：

DECIR 告訴		
	主詞	動詞變化
我告訴	Yo	digo
你告訴	Tú	dices
他告訴／她告訴／您告訴	Él / Ella / Usted	dice
我們告訴（陽性）／ 我們告訴（陰性）	Nosotros / Nosotras	decimos
你們告訴／妳們告訴	Vosotros / Vosotras	decís
他們告訴／她們告訴／您們告訴	Ellos / Ellas / Ustedes	dicen

＊ DECIR這個字字面意思是「告訴」，例如「他剛剛告訴你什麼？」的「告訴」，因為
這個字當「告訴」來用時，句子結構稍微複雜，在這一課當中我們只用這個字來練習
問「某語言的某字怎麼說？」方便旅行時可以問別人想要知道的字，也可回答好奇想
知道幾個中文字的外國人。

（二）用法：

1. 某語言的某字怎麼說？

¿Cómo se dice 想知道的字 en 某語言？

▸ A: ¿Cómo se dice 我愛你 en español?

「我愛你」的西班牙語怎麼說？

B: Te amo.

可能使用情境：
1. 出國時需要買東西、描述一個地點，詢問某個關鍵字或東西怎麼講。
2. 跟外國人交談時想要學一兩句對方的語言。

▷ A: ¿Cómo se dice 我愛你 en francés?

「我愛你」的法語怎麼説？

B: Je t'aime.

▷ A: ¿Cómo se dice 我要這個 en español?

「我要這個」的西班牙語怎麼説？

B: Quiero esto.

▷ A: ¿Cómo se dice 這個多少錢 en español?

「這個多少錢」的西班牙語怎麼説？

B: ¿Cuánto cuesta?

▷ A: ¿Cómo se dice 太貴了 en inglés?

「太貴了」的英語怎麼説？

B: Too expensive.

▷ A: ¿Cómo se dice este plato en español?

這道菜的西班牙語怎麼説？

B: Tortilla. 西班牙烘蛋。

▶ MP3-55

（一）ESTUDIAR現在式動詞變化：

ESTUDIAR 念書／學習		
	主詞	動詞變化
我念書	Yo	estudio
你念書	Tú	estudias
他念書／她念書／您念書	Él / Ella / Usted	estudia
我們念書（陽性）／ 我們念書（陰性）	Nosotros / Nosotras	estudiamos
你們念書／妳們念書	Vosotros / Vosotras	estudiáis
他們念書／她們念書／您們念書	Ellos / Ellas / Ustedes	estudian

（二）用法：

1. 某人念／學習_____語言。（肯定句）

> Estudiar 動詞變化＋ idioma（語言）.

 ▷ Yo estudio ruso. 　　　　　　　我念／學習俄羅斯語。

 ▷ Tú estudias chino. 　　　　　　你念／學習中文。

 ▷ Ella estudia español. 　　　　　她念／學習西班牙語。

 ▷ Nosotros estudiamos alemán. 　我們念／學習德語。

 ▷ Vosotros estudiáis coreano. 　　你們念／學習韓語。

 ▷ Ustedes estudian japonés. 　　　您們念／學習日語。

9

2. 某人不念／學習_____語言。（否定句）

> No estudiar 動詞變化 + idioma（語言）.

▷ Yo no estudio portugués.　　　　　我不念／學習葡萄牙語。

▷ Tú no estudias hindi.　　　　　　　你不念／學習印地語。

▷ Ella no estudia español.　　　　　　她不念／學習西班牙語。

▷ Nosotros no estudiamos tailandés.　我們不念／學習泰語。

▷ Vosotros no estudiáis indonesio.　　你們不念／學習印尼語。

▷ Ustedes no estudian taiwanés.　　　您們不念／學習台語。

3. 某人念／學習_____語言嗎？（肯定疑問句）

> ¿Estudiar 動詞變化 + idioma（語言）?　┣···▶

可能使用情境：
1. 問新朋友是否在學某種語言。
2. 聽到朋友在用某個新語言交談。

▷ A: ¿Estudias hindi?　　　　　　你念印地語嗎？

　 B: No, no estudio hindi.　　　　不，我不念印地語。

▷ A: ¿Estudiáis vietnamita?　　　　你們念越南語嗎？

　 B: Sí, estudiamos vietnamita.　　對，我們念越南語。

▷ A: ¿Estudian chino?　　　　　　他們／她們念中文嗎？

　 B: Sí, estudian chino.　　　　　對，他們／她們念中文。

▷ A: ¿Estudia ruso?　　　　　　　他／她念俄羅斯語嗎？

　 B: Sí, estudia ruso.　　　　　　對，他／她念俄羅斯語。

▷ A: ¿Estudias español?　　　　　你念西班牙語嗎？

　 B: Sí, estudio español.　　　　　對，我念西班牙語。

▷ A: ¿Estudian indonesio?　　　　他們／她們念印尼語嗎？

　 B: No, no estudian indonesio.　　不，他們／她們不念印尼語。

五　Verbo 4: SER　搭配動詞4：SER

（一）SER現在式動詞變化：

SER　是		
	主詞	動詞變化
我是	Yo	soy
你是	Tú	eres
他是／她是／您是	Él / Ella / Usted	es
我們是（陽性）／ 我們是（陰性）	Nosotros / Nosotras	somos
你們是／妳們是	Vosotros / Vosotras	sois
他們是／她們是／您們是	Ellos / Ellas / Ustedes	son

（二）用法：

1. 某人是＿＿＿＿人。（肯定句）

Ser 動詞變化＋ nacionalidad（國籍）.

▷ Soy guatemalteco.　　　　我是瓜地馬拉人（男）。

▷ Eres taiwanesa.　　　　　妳是台灣人（女）。

▷ Ella es japonesa.　　　　她是日本人（女）。

▷ Somos estadounidenses.　　我們是美國人。

▷ Sois franceses.　　　　　你們是法國人（全男性或有男有女）。

▷ Son coreanas.　　　　　她們／您們是韓國人（女）。

2. 某人不是＿＿＿＿＿人。（否定句）

> No ser 動詞變化＋ nacionalidad（國籍）.

▷ No eres taiwanés.	你不是台灣人（男）。
▷ No sois estadounidenses.	你們不是美國人。
▷ Ellos no son coreanos.	他們不是韓國人（全男性或有男有女）。
▷ Usted no es taiwanesa.	您不是台灣人（女）。
▷ Ustedes no son españoles.	您們不是西班牙人（全男性或有男有女）。
▷ No eres brasileña.	你不是巴西人（女）。

3. 某人是＿＿＿＿＿人嗎？（肯定疑問句）

> ¿Ser 動詞變化＋ nacionalidad（國籍）? |‥‥▶

可能使用情境：
1. 認識新朋友時，猜測對方的國籍。
2. 聽到別人在用某種語言交談，猜測他們的國籍。

▷ A: ¿Eres ruso?	你是俄羅斯人嗎（男）？
B: No, no soy ruso.	不是，我不是俄羅斯人（男）。
▷ A: ¿Es ella india?	她是印度人嗎（女）？
B: Sí, ella es india.	是，她是印度人（女）。
▷ A: ¿Sois vietnamitas?	你們是越南人嗎？
B: Sí, somos vietnamitas.	是，我們是越南人。
▷ A: ¿Son ustedes guatemaltecos?	您們是瓜地馬拉人嗎（全男性或有男有女）？
B: Sí, somos guatemaltecos.	
是，我們是瓜地馬拉人（全男性或有男有女）。	
▷ A: ¿Es usted canadiense?	您是加拿大人嗎？
B: No, no soy canadiense.	不是，我不是加拿大人。
▷ A: ¿Son ellas francesas?	她們是法國人嗎（女）？
B: No, no son francesas.	不是，她們不是法國人（女）。

9

4. 某人不是_____人嗎？（否定疑問句）

¿No ser 動詞變化＋ nacionalidad（國籍）? |⋯▶

▷ A: ¿No eres chino?　　　　　你不是中國人嗎（男）？

B: No, no soy chino.　　　　　不是，我不是中國人（男）。

▷ A: ¿No sois estadounidenses?　你們不是美國人嗎？

B: Sí, somos estadounidenses.　是，我們是美國人。

▷ A: ¿No son ellos coreanos?　　他們不是韓國人嗎（全男性或有男有女）？

B: No, ellos no son coreanos.

不是，他們不是韓國人（全男性或有男有女）。

▷ A: ¿No es usted taiwanesa?　　您不是台灣人嗎（女）？

B: Sí, soy taiwanesa.　　　　是，我是台灣人（女）。

▷ A: ¿No son ustedes españoles?　您們不是西班牙人嗎（全男性或有男有女）？

B: Sí, somos españoles.　　　是，我們是西班牙人（全男性或有男有女）。

▷ A: ¿No eres brasileña?　　　妳不是巴西人嗎（女）？

B: No, no soy brasileña.　　　不是，我不是巴西人（女）。

5. 某人是從_____來的。（肯定句）

Ser 動詞變化＋ de（從）＋ país（國家）.

▷ Soy de Guatemala.　　　　　　　　我是從瓜地馬拉來的。

▷ Eres de Taiwán.　　　　　　　　　你是從台灣來的。

▷ Ella es de Japón.　　　　　　　　她是從日本來的。

▷ Nosotros somos de Estados Unidos.　我們是從美國來的。

▷ Sois de Francia.　　　　　　　　　你們是從法國來的。

▷ Son de Corea.　　　　　　　　　　他們／她們／您們是從韓國來的。

9

6. 某人不是從_____來的。（否定句）

> No ser 動詞變化＋ de（從）＋ país（國家）.

> No eres de Taiwán.　　　　　你不是從台灣來的。

> No sois de Estados Unidos.　你們不是從美國來的。

> Ellos no son de Corea.　　　他們不是從韓國來的。

> Usted no es de Taiwán.　　　您不是從台灣來的。

> Ustedes no son de España.　您們不是從西班牙來的。

> No eres de Brasil.　　　　　你不是從巴西來的。

7. 某人是從_____來的嗎？（肯定疑問句）

> ¿Ser 動詞變化＋ de（從）＋ país（國家）?

可能使用情境：
1. 認識新朋友時，猜測對方的國籍。
2. 聽到別人在用某種語言交談，猜測他們的國籍。

> A: ¿Eres de Rusia?　　　　　你是從俄羅斯來的嗎？
>
> B: No, no soy de Rusia.　　　不是，我不是從俄羅斯來的。

> A: ¿Es ella de India?　　　　她是從印度來的嗎？
>
> B: No, no es de India.　　　　不是，她不是從印度來的。

> A: ¿Sois de Vietnam?　　　　你們是從越南來的嗎？
>
> B: Sí, somos de Vietnam.　　是，我們是從越南來的。

> A: ¿Son ustedes de Guatemala?　您們是從瓜地馬拉來的嗎？
>
> B: Sí, somos de Guatemala.　是，我們是從瓜地馬拉來的。

> A: ¿Es usted de Canadá?　　您是從加拿大來的嗎？
>
> B: No, no soy de Canadá.　　不是，我不是從加拿大來的。

> A: ¿Son ellas de Francia?　　她們是從法國來的嗎？
>
> B: No, no son de Francia.　　不是，她們不是從法國來的。

9

8. 某人不是從_____來的嗎？（否定疑問句）

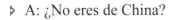

¿No ser 動詞變化＋ de（從）＋ país（國家）？ ┃⋯▶

▷ A: ¿No eres de China? 你不是從中國來的嗎？

B: No, no soy de China. 不是，我不是從中國來的。

▷ A: ¿No sois de Estados Unidos? 你們不是從美國來的嗎？

B: Sí, somos de Estados Unidos. 是，我們是從美國來的。

▷ A: ¿No son ellos de Corea? 他們不是從韓國來的嗎？。

B: No, ellos no son de Corea. 不是，他們不是從韓國來的。

▷ A: ¿No es usted de Taiwán? 您不是從台灣來的嗎？。

B: Sí, soy de Taiwán. 是，我是從台灣來的。

▷ A: ¿No son ustedes de España? 您們不是從西班牙來的嗎？。

B: Sí, somos de España. 是，我們是從西班牙來的。

▷ A: ¿No eres de Brasil? 你不是從巴西來的嗎？。

B: No, no soy de Brasil. 不是，我不是從巴西來的。

可能使用情境：

1. 一群人同國籍的人在一起，其中一個人是不同國的，但以為他也是同國的。

2. 以為對方是某國人，但其實對方好像不是，出乎說話者意料之外。

9

六　Diálogo　即學即用

（一） Conociendo amigos en una cafetería o en un bar.
　　　在咖啡店或酒吧裡認識新朋友。

▶ MP3-57

A： ¡Hola!　　　　　　　　　　　　　　你好。

B： ¡Hola!　　　　　　　　　　　　　　你好。

A： ¿De dónde eres?　　　　　　　　　你是哪裡人？

B： Soy taiwanesa de Hsinchu, ¿y tú?　　我是台灣人，新竹來的，你呢？

A： Soy japonés de Tokio.　　　　　　　我是日本人，東京來的。

B： ¿Hablas chino?　　　　　　　　　　你（會）說中文嗎？

A： No, no hablo chino. ¿Hablas japonés?
我不（會）說中文，你（會）說日語嗎？

B： Sí, hablo japonés.　　　　　　　　對，我（會）說日語。

A： ¿Cuántos idiomas hablas?　　　　　你（會）說幾種語言？

B： Hablo 4 idiomas.　　　　　　　　　我（會）說四種語言。

A： ¿Qué idiomas hablas?　　　　　　　你（會）說什麼語言？

B： Hablo chino, japonés, español y un poco de inglés.
我（會）說中文、日語、西班牙語、和一點點英語。

A： ¡Qué bien! Yo hablo japonés, español y un poco de coreano.
好棒喔！我（會）說日語、西班牙語、和一點點韓語。

（二）En Latinoamérica, preguntas curiosas sobre Taiwán al conocer amigos. **在拉丁美洲認識新朋友時會被問的問題。**

▶ MP3-58

A: ¿Eres de Japón? 你是日本人嗎？

B: No, soy de Taiwán. 不是，我是台灣人。

A: ¿Dónde está Taiwán? 台灣在哪裡？

B: Taiwán es una isla pequeña, al suroeste de Japón.
台灣是一個小島，在日本西南邊。

A: ¿Taiwán es igual que Tailandia? 台灣跟泰國一樣嗎？

B: No, son dos países diferentes. 不一樣，是兩個不同的國家。

A: ¿Qué idioma habláis en Taiwán? 你們在台灣說什麼語言？

B: Hablamos chino y taiwanés. 我們說中文和台語。

A: ¿Cómo se dice "gracias" en chino? 那「謝謝」的中文怎麼說？

B: Xiè xie. 謝謝。

A: Xiè xie. 謝謝。

9

　　以下為對話中出現的生詞，目前可先將對話的句子記起來練熟即可，往後於其他主題的課程再分別練習這些生詞。

* la isla 島(f)
* pequeña 小
* suroeste 西南邊
* igual que 一樣、相同
* diferente 不一樣、不同

七　Los ejercicios　課後練習

（一）Conteste las siguientes preguntas según la información.
依照以下每個人的資料回答問題

Frank	Fernando	Hao Yun

Alemania　德國 Guatemala　瓜地馬拉 Taiwán　台灣

alemán　德語	español　西班牙語	chino　中文
inglés　英語	inglés　英語	español　西班牙語
español　西班牙語	chino　中文	inglés　英語
	japonés　日語	francés　法語
		japonés　日語

Luigi	Pierre	Miyuki

9

Italia 義大利

italiano 義大利語
español 西班牙語

Francia 法國

francés 法語
inglés 英語
español 西班牙語

Japón 日本

japonés 日語
chino 中文
coreano 韓語
español 西班牙語
italiano 義大利語

Sebastián

Silvia

Charles

España 西班牙

español 西班牙語
portugués 葡萄牙語
francés 法語
italiano 義大利語

Brasil 巴西

portugués 葡萄牙語
español 西班牙語
italiano 義大利語

Estados Unidos 美國

inglés 英語
español 西班牙語

9

1. Complete las siguientes frases. 請完成句子。

Ejemplo

例：Hao Yun es taiwanesa. Hao Yun 是台灣人。

(1) Charles es _____ .

(2) Pierre es _____ .

(3) Frank es _____ .

(4) Luigi es _____ .

(5) Miyuki es _____ .

2. Conteste las siguientes preguntas "¿De dónde es _____?" 請回答「某人是從哪裡來」的問題。

Ejemplo

例：A: ¿De dónde es Silvia? Silvia 是哪裡來的？

　　B: Silvia es de Brasil. Silvia 是從巴西來的。

(1) A: ¿De dónde es Sebastián? Sebastián 是從哪裡來的？

　　B: _____

(2) A: ¿De dónde es Charles? Charles 是從哪裡來的？

　　B: _____

(3) A: ¿De dónde es Pierre? Pierre 是從哪裡來的？

　　B: _____

(4) A: ¿De dónde es Frank? Frank 是從哪裡來的？

　　B: _____

(5) A: ¿De dónde es Fernando? Fernando 是從哪裡來的？

　　B: _____

3. Conteste las siguientes preguntas "¿Cuántos idiomas habla _____?" 請回答「某人會說幾種語言？」的問題。

Ejemplo

例：A: ¿Cuántos idiomas habla Charles? Charles（會）說幾種語言？

　　B: Charles habla dos idiomas. Charles（會）說兩種語言。

(1) A: ¿Cuántos idiomas habla Miyuki? Miyuki（會）說幾種語言？

　　B: _____

(2) A: ¿Cuántos idiomas habla Hao Yun? Hao Yun（會）說幾種語言？

　　B: _____

(3) A: ¿Cuántos idiomas habla Pierre? Pierre（會）說幾種語言？

　　B: _____

(4) A: ¿Cuántos idiomas habla Luigi? Luigi（會）說幾種語言？

　　B: _____

(5) A: ¿Cuántos idiomas habla Silvia? Silvia（會）說幾種語言？

　　B: _____

4. Conteste las siguientes preguntas "¿Habla _____?" 請回答「某人會說某種語言嗎？」的問題。

Ejemplo

例：A: ¿Habla Silvia alemán? Silvia（會）說德語嗎？

　　B: No, Silvia no habla alemán. 不會，Silvia 不會說德語。

(1) A: ¿Habla Miyuki chino? Miyuki（會）說中文嗎？

　　B: _____

(2) A: ¿Habla Hao Yun italiano? Hao Yun（會）說義大利語嗎？

　　B: _____

(3) A: ¿Habla Pierre coreano? Pierre（會）說韓語嗎？

　　B: _____

9

(4) A: ¿Habla Frank italiano?　Frank（會）說義大利語嗎？

　　 B: _____

(5) A: ¿Habla Charles japonés?　Charles（會）說日語嗎？

　　 B: _____

5. Conteste las siguientes preguntas "¿Qué idioma habla _____?" 請回答「某人會說什麼語言？」的問題。

Ejemplo

例：A: ¿Qué idiomas habla Fernando?　Fernando（會）說什麼語言？

　　 B: Habla español, inglés, chino y japonés.　Fernando（會）說西班牙語、英語、中文、日語。

(1) A: ¿Qué idiomas habla Sebastián?　Sebastián（會）說什麼語言？

　　 B: _____

(2) A: ¿Qué idiomas habla Charles?　Charles（會）說什麼語言？

　　 B: _____

(3) A: ¿Qué idiomas habla Silvia?　Silvia（會）說什麼語言？

　　 B: _____

(4) A: ¿Qué idiomas habla Pierre?　Pierre（會）說什麼語言？

　　 B: _____

(5) A: ¿Qué idiomas habla Frank?　Frank（會）說什麼語言？

　　 B: _____

6. Conteste las siguientes preguntas "¿Quién habla _____?" 請回答「誰（會）說某種語言？」的問題。

Ejemplo

例：A: ¿Quién habla chino?　誰（會）說中文？

　　 B: Fernando, Hao Yun y Miyuki hablan chino.　Fernando、Hao Yun 和 Miyuki（會）說中文。

9

(1) A: ¿Quién habla italiano? 誰（會）說義大利語？

   B: _____

(2) A: ¿Quién no habla inglés? 誰不（會）說英語？

   B: _____

(3) A: ¿Quién habla coreano? 誰（會）說韓語？

   B: _____

(4) A: ¿Quién no habla francés? 誰不（會）說法語？

   B: _____

(5) A: ¿Quién habla español? 誰（會）說西班牙語？

   B: _____

（二）Conteste las siguientes preguntas "¿Cómo se dice _____ en _____?" 請回答「某字的某語言怎麼說」的問題。

(1) A: ¿Cómo se dice "德國" en español? 「德國」的西班牙語怎麼説？

   B: _____

(2) A: ¿Cómo se dice "説" en español? 「説」的西班牙語怎麼説？

   B: _____

(3) A: ¿Cómo se dice "念／學習" en español? 「念／學習」的西班牙語怎麼説？

   B: _____

(4) A: ¿Cómo se dice "idioma" en chino? 「idioma」的中文怎麼説？

   B: _____

(5) A: ¿Cómo se dice "quién" en chino? 「quién」的中文怎麼説？

   B: _____

9

（三）Imite la siguiente presentación, sustituya las partes subrayadas para crear su propia presentación.
請模仿下面這段自我介紹，將畫底線部分代換，改寫成自己的自我介紹。

Soy <u>Hao Yun</u>. 我是 Hao Yun。

Soy <u>taiwanesa</u>, de <u>Hsinchu</u>. 我是台灣人，從新竹來的。

Hablo <u>5</u> idiomas, <u>chino, español, inglés, francés y un poco de japonés</u>.

我會說五種語言，中文、西班牙語、英語、法語、和一點點日語。

9

Lección 10

Pasatiempos: Creando vínculos con nuevos amigos.

興趣休閒：和新朋友建立社交圈

本課學習目標：

- 能講出 5～10 個自己的興趣。

- 能搭配動詞「GUSTAR」（喜歡）講出自己的興趣。

- 能詢問別人的興趣。

- 能邀請別人或和別人約，一起去做一個活動。

- 能結合前面幾課學過的自我介紹，加上介紹自己的興趣。

▶ MP3-59

viajar 旅行

hacer deporte 做運動

jugar béisbol 打棒球

jugar baloncesto 打籃球

jugar tenis 打網球

jugar tenis de mesa 打桌球

jugar bádminton 打羽毛球

jugar voleibol 打排球

jugar fútbol 踢足球

nadar 游泳

bucear 潛水

correr 跑步

practicar yoga 練習瑜珈

esquiar 滑雪

montar bicicleta 騎腳踏車

bailar 跳舞

patinar 溜冰

leer 閱讀

escribir 寫作

aprender cosas nuevas
學新東西

escuchar música 聽音樂

ver un partido de béisbol
看棒球比賽

ver películas 看電影

ver televisión 看電視

10

cocinar 烹飪

cantar 唱歌

jugar juegos de mesa
玩桌遊

tocar piano 彈鋼琴

tocar violín 拉小提琴

tocar guitarra 彈吉他

pasear al perro 遛狗

jugar con la mascota
跟寵物玩

tomar fotos 拍照

10

二　Verbo 1: GUSTAR　搭配動詞1：GUSTAR

▶ MP3-60

（一）GUSTAR現在式動詞變化：

GUSTAR 喜歡		
		動詞變化
我喜歡	A mí	me gusta me gustan
你喜歡	A ti	te gusta te gustan
他喜歡／她喜歡／您喜歡	A él / A ella / A usted	le gusta le gustan
我們喜歡（陽性）／ 我們喜歡（陰性）	A nosotros / A nosotras	nos gusta nos gustan
你們喜歡／妳們喜歡	A vosotros / A vosotras	os gusta os gustan
他們喜歡／她們喜歡／您們喜歡	A ellos / A ellas / A ustedes	les gusta les gustan

＊ GUSTAR這個動詞的變化，要看後面所接的「喜歡的東西」來決定：
  喜歡的東西是單數（一個）時，動詞變化用gusta。
  喜歡的東西是複數（兩個以上）時，動詞變化用gustan。

  ▷ 例：A mí me gusta la cerveza.　　　　　　　　我喜歡啤酒。

  　　　A mí me gustan la cerveza y el vino rojo.　我喜歡啤酒和紅酒。

＊ 因為「動詞」沒有單複數之分，所以當GUSTAR後面接的是「動詞」時，像是這一課
  生詞所提到的所有興趣，就不用考慮單複數的問題。不管要說喜歡幾個興趣，動詞變
  化都用gusta。

  ▷ 例：A mí me gusta viajar.　　　　　我喜歡旅行。

  　　　A ti te gusta jugar baloncesto.　你喜歡打籃球。

＊ 更詳細的動詞GUSTAR用法，可以翻回第五課第90到92頁的說明來複習喔！

10

（二）用法：

1. 某人喜歡_____。（肯定句）

> Gustar 動詞變化＋ pasatiempo（興趣）.

▷ (A mí) me gusta viajar.	我喜歡旅行。
▷ (A ti) te gusta jugar béisbol.	你喜歡打棒球。
▷ (A ella) le gusta esquiar y nadar.	她喜歡滑雪、游泳。
▷ (A nosotros) nos gusta bailar y escuchar música.	我們喜歡跳舞、聽音樂。
▷ (A vosotros) os gusta correr y nadar.	你們喜歡跑步、游泳。
▷ (A ustedes) les gusta montar bicicleta y patinar.	您們喜歡騎腳踏車、溜冰。

＊ 括弧部分，在句子當中都可以省略不講。通常是前後文人物很多，會弄不清楚主詞是誰的時候，才需要特別把「A＋某人」再提出來一次。

2. 某人不喜歡_____。（否定句）

> No gustar 動詞變化＋ pasatiempo（興趣）.

▷ (A mí) no me gusta jugar juegos de mesa.　　　　我不喜歡玩桌遊。

▷ (A ti) no te gusta jugar tenis ni bádminton.

你不喜歡打網球、（也不喜歡）打羽毛球。

▷ (A ella) no le gusta cocinar ni escribir.

她不喜歡烹飪、（也不喜歡）寫作。

▷ (A nosotros) no nos gusta jugar voleibol.　　　　我們不喜歡打排球。

▷ (A vosotras) no os gusta hacer deporte.　　　　妳們不喜歡做運動。

▷ (A ellas) no les gusta cantar ni ver televisión.

她們不喜歡唱歌、（也不喜歡）看電視。

＊ no...ni... 不……也不……（兩個皆否定時使用）

10

3. 某人喜歡_____嗎？（肯定疑問句）

¿Gustar 動詞變化＋ pasatiempo（興趣）？

可能使用情境：
1. 跟朋友聊興趣。
2. 看到朋友正在做某個活動，於是問對方喜不喜歡。

▷ A: ¿A ti te gusta leer?　　　　　　你喜歡閱讀嗎？

　 B: Sí, a mí me gusta leer.　　　　　對，我喜歡閱讀。

▷ A: ¿A vosotros os gusta tocar piano?　你們喜歡彈鋼琴嗎？

　 B: No, no nos gusta tocar piano.　　不，我們不喜歡彈鋼琴。

▷ A: ¿A ella le gusta jugar con la mascota?　她喜歡跟寵物玩嗎？

　 B: Sí, a ella le gusta jugar con la mascota.　對，她喜歡跟寵物玩。

▷ A: ¿A usted le gusta ver un partido de béisbol?　您喜歡看棒球嗎？

　 B: Sí, a mí me gusta ver un partido de béisbol.　對，我喜歡看棒球。

▷ A: ¿A vosotros os gusta aprender idiomas?　你們喜歡學語言嗎？

　 B: Sí, a nosotros nos gusta aprender idiomas.　對，我們喜歡學語言。

▷ A: ¿A ellos les gusta practicar yoga?　他們喜歡練瑜珈嗎？

　 B: No, a ellos no les gusta practicar yoga.　不，他們不喜歡練瑜珈。

10

4. 某人不喜歡＿＿＿＿嗎？（否定疑問句）

¿No gustar 動詞變化＋ pasatiempo（興趣）？

可能使用情境：
1. 大家都在一起進行某種活動，但某人沒有一起做，詢問對方是否不喜歡。
2. 以為對方喜歡某種活動，但其實對方好像不喜歡，出乎說話者意料之外。

▷ A: ¿A ti no te gusta escribir?   你不喜歡寫作嗎？

  B: Sí, a mí me gusta escribir.   對，我喜歡寫作。

▷ A: ¿A vosotros no os gusta tocar guitarra?

  你們不喜歡彈吉他嗎？

  B: No, no nos gusta tocar guitarra.   不，我們不喜歡彈吉他。

▷ A: ¿A ella no le gusta jugar bádminton?   她不喜歡打羽毛球嗎？

  B: Sí, a ella le gusta jugar bádminton.   對，她喜歡打羽毛球。

▷ A: ¿A usted no le gusta cocinar?   您不喜歡烹飪嗎？

  B: No, a mí no me gusta cocinar.   不，我不喜歡烹飪。

▷ A: ¿A vosotros no os gusta aprender cosas nuevas? 你們不喜歡學新東西嗎？

  B: Sí, a nosotros nos gusta aprender cosas nuevas. 對，我們喜歡學東西。

▷ A: ¿A ellos no les gusta tomar fotos?   他們不喜歡拍照嗎？

  B: No, a ellos no les gusta tomar fotos.   不，他們不喜歡拍照。

10

Invitar a otras personas o hacer algo con otras personas. 邀請別人或跟別人一起做一個活動。

（一）CON＋某人

CON 跟……一起	
跟我一起	conmigo
跟你一起	contigo
跟他一起 跟她一起 跟您一起	con él con ella con usted
跟我們（陽性）一起 跟我們（陰性）一起	con nosotros con nosotras
跟你們一起 跟妳們一起	con vosotros con vosotras
跟他們一起 跟她們一起 跟您們一起	con ellos con ellas con ustedes

＊ 「CON」在文法上是一個介系詞，類似英語的with，後面直接加上「人」就可以了。
「conmigo」（跟我一起）、「contigo」（跟你一起）這兩個是不規則的變化，請直接將conmigo、contigo看作獨立的一個生詞來練習。

（二）用法：

1. 某人要跟某人_____。（肯定句）

（某人）＋ querer 動詞變化＋ pasatiempo（興趣）原形動詞＋ con ＋某人 .

▷ (Yo) quiero viajar contigo.　　　　　　　　　我要跟妳旅行。

▷ (Yo) quiero cantar con ella.　　　　　　　　我要跟她唱歌。

▷ (Tú) quieres ver un partido de béisbol conmigo.　　你要跟我看棒球比賽。

10

▷ (Tú) quieres bucear con tu compañero de clase.　　你要跟你同學潛水。

▷ (Él) quiere bailar con su novia.　　他要跟他女朋友跳舞。

▷ (Ella) quiere jugar tenis de mesa con su amiga.　　她要跟她朋友打桌球。

* 括弧中的主詞也可省略不說，詳細解釋可以參考第61頁上方的說明。

2. 某人不要跟某人_____。（肯定句）

（某人）＋ no querer 動詞變化＋ pasatiempo（興趣）原形動詞＋ con ＋某人.

▷ (Nosotros) no queremos correr con ellas.　　我們不要跟她們跑步。

▷ (Nosotras) no queremos montar bicicleta con ellos.　　我們不要跟他們騎腳踏車。

▷ (Vosotros) no queréis ver televisión con nosotros.　　你們不要跟我們看電視。

▷ (Vosotras) no queréis tomar fotos con nosotras.　　妳們不要跟我們拍照。

▷ (Usted) no quiere ver una película con su cliente.　　您不要跟您的客戶看電影。

▷ (Ustedes) no quieren jugar baloncesto con su jefe.

您們不要跟您們的老闆打籃球。

3. 某人要跟某人_____嗎？（肯定疑問句）

¿（某人）＋ querer 動詞變化＋ pasatiempo（興趣）原形動詞＋ con ＋某人 ?

▷ A: ¿(Tú) quieres hacer deporte conmigo?

你要跟我做運動嗎？

B: Sí, quiero hacer deporte contigo.

要，我要跟你做運動。

可能使用情境：
1. 邀請某人一起做一個活動。

▷ A: ¿(Usted) quiere pasear al perro conmigo?　　您要跟我遛狗嗎？

B: Sí, quiero pasear al perro contigo.　　要，我要跟你遛狗。

▷ A: ¿(Él) quiere practicar yoga contigo?　　他要跟你練習瑜伽嗎？

B: No, no quiere practicar yoga conmigo.　　不要，他不要跟我練習瑜伽。

▷ A: ¿(Ella) quiere patinar conmigo? 她要跟我溜冰嗎？

B: No, no quiere patinar contigo. 不要，她不要跟你溜冰。

▷ A: ¿(Vosotros) queréis escuchar música latina con los estudiantes

guatemaltecos?

你們要跟瓜地馬拉學生聽拉丁音樂嗎？

B: Sí, queremos escuchar música latina con los estudiantes guatemaltecos.

要，我們要跟瓜地馬拉學生聽拉丁音樂。

▷ A: ¿(Ustedes) quieren jugar fútbol con los vecinos?

您們要跟鄰居踢足球嗎？

B: No, no queremos jugar fútbol con los vecinos.

不要，我們不要跟鄰居踢足球。

4. 某人不要跟某人_____嗎？（否定疑問句）

¿（某人）＋ no querer 動詞變化＋ pasatiempo（興趣）原形動詞＋ con ＋某人？

▷ A: ¿(Tú) no quieres esquiar conmigo? 你不要跟我滑雪嗎？

B: Sí, quiero esquiar contigo. 要，我要跟你滑雪。

▷ A: ¿(Usted) no quiere bailar con él? 您不要跟他跳舞嗎？

B: No, no quiero bailar con él. 不要，我不要跟他跳舞。

▷ A: ¿(Él) no quiere viajar conmigo? 他不要跟我旅行嗎？

B: Sí, quiere viajar contigo. 要，他要跟你旅行。

可能使用情境：
1. 以為對方會想要一起進行某個活動，但其實對方好像不想，出乎說話者意料之外。

▷ A: ¿(Ella) no quiere jugar voleibol con nosotros? 她不要跟我們打排球嗎？

B: No, no quiere jugar voleibol con vosotros. 不要，她不要跟你們打排球。

▷ A: ¿(Vosotros) no queréis cocinar con nosotras? 你們不要跟我們做飯嗎？

B: Sí, queremos cocinar con vosotras. 要，我們要跟妳們做飯。

▷ A: ¿(Ustedes) no quieren nadar con los niños? 您們不要跟小孩子們游泳嗎？

B: No, no queremos nadar con los niños.

不要，我們不要跟小孩子們游泳。

10

四　Diálogo　即學即用

（一） Hablando con un amigo sobre los deportes que cada uno prefiere. **剛認識不久的朋友聊到對方的運動興趣。**

▶ MP3-62

A: ¿Te gusta hacer deportes?　　　　　　你喜歡運動嗎？

B: Sí, me gusta hacer deportes, ¿y a ti?　對，我喜歡運動，你呢？

A: No, a mí no me gusta hacer deportes.　我不喜歡運動。
　　¿Te gusta jugar baloncesto?　　　　你喜歡打籃球嗎？

B: No, no me gusta jugar baloncesto.　　不，我不喜歡打籃球。

A: ¿Qué deporte te gusta hacer?　　　　你喜歡做什麼運動？

B: Me gusta jugar fútbol, jugar béisbol y correr.　我喜歡踢足球、打棒球和跑步。

A: ¿Dónde te gusta jugar fútbol?　　　你喜歡在哪裡踢足球？

B: Me gusta jugar fútbol en el parque.　我喜歡在公園踢足球。

A: ¿Cuándo te gusta correr?　　　　　你喜歡什麼時候跑步？

B: Me gusta correr en las tardes.　　　我喜歡下午跑步。

A: ¿A qué hora corres normalmente?　　你通常幾點跑步？

B: Normalmente corro a las 5:00 de la tarde.　我通常下午五點練跑步。

10

A: ¿Quieres ir a correr esta tarde?　　　　　你今天下午要去跑步嗎？

B: Sí, voy a correr esta tarde. ¿Quieres ir?

對，我今天下午要去跑步。你要去嗎？

A: Sí, vamos juntos.　　　　　　　　　　　好啊，我們一起去！

B: ¡Perfecto, hasta la tarde!　　　　　　　　太棒了，下午見！

A: ¡Hasta luego!　　　　　　　　　　　　待會兒見！

（二）Charlando con un compañero de clase extranjero.
　　　跟外國同學閒聊。

▶ MP3-63

A: Mañana es sábado, ¿qué quieres hacer?　　明天是星期六，你要做什麼？

B: Quiero ver películas, me gustan mucho las películas europeas. ¿Y tú, qué quieres hacer?

我要看電影，我很喜歡歐洲電影，你呢？你要做什麼？

A: Quiero jugar juegos de mesa con mis amigos.　我要跟朋友玩桌遊。
　　¿Te gusta jugar juegos de mesa?　　　　　你喜歡玩桌遊嗎？

B: Sí, me gusta, pero no tengo juegos de mesa en mi casa.

喜歡，可是我家沒有桌遊。

A: ¿Quieres jugar con nosotros mañana?　　　你明天要跟我們玩嗎？

B: Sí, claro. ¿Jugamos en tu casa?　　　　　好啊！當然！我們在你家玩嗎？

10

A: No, jugamos en una cafetería.　　　　　　　不是，我們在一間咖啡廳玩。

B: ¿Dónde está la cafetería?　　　　　　　　咖啡廳在哪裡？

A: La cafetería está cerca de la universidad. Esta es la página web de la cafetería.
(Enseñando la página con el celular)

咖啡廳在我們大學附近，這是咖啡廳的網站。（用手機給對方看網頁）

B: Perfecto, voy a la cafetería caminando mañana. ¿A qué hora jugamos?

好，我明天走路去，我們幾點玩？

A: A las 2:30 de la tarde.　　　　　　　　　下午 2 點 30 分。

B: Muy bien. ¡Hasta mañana!　　　　　　　很好，明天見！

A: ¡Hasta mañana!　　　　　　　　　　　　明天見！

10

「muy和mucho有什麼不一樣」
講解影片

五 Los ejercicios 課後練習

（一）Lea la siguiente información (el pasatiempo de amigos) y
conteste las preguntas.

請閱讀以下的資訊（朋友的興趣），再回答下列問題。

| Frank | Fernando | Silvia |

Jugar bádminton
打羽毛球

Jugar fútbol　踢足球

Jugar baloncesto　打籃球

Jugar tenis　打網球

Pasear al perro　遛狗

Cocinar　烹飪

10

Hao Yun	Pierre	Miyuki

Jugar con la mascota
跟寵物玩

Nadar 游泳

Montar bicicleta 騎腳踏車

Bailar 跳舞

Correr 跑步

Ver películas 看電影

1. Complete con conjugación de "gustar" o "no gustar".
請在空格裡面填上「喜歡」或「不喜歡」的變化形式。

Ejemplo

例：Silvia: ¿Te gusta jugar bádminton, Frank? Frank，你喜歡打羽毛球嗎？

　　Frank: Sí, me gusta jugar bádminton. 對，我喜歡打羽毛球？

(1) Hao Yun: ¿Te gusta jugar fútbol, Fernando? Fernando，你喜歡踢足球嗎？

　　Fernando: Sí, _____ jugar fútbol. 對，我喜歡踢足球。

(2) Frank: ¿A Pierre le gusta correr? Pierre 喜歡跑步嗎？

　　Hao Yun: Sí, a Pierre _____ correr. 對，Pierre 喜歡跑步。

(3) Silvia: ¿_____ correr, Miyuki? Miyuki，你喜歡跑步嗎？

　　Miyuki: _____ correr. 不，我不喜歡跑步。

(4) Hao Yun: ¿Os gusta escuchar música, Pierre y Miyuki? Pierre、Miyuki，你們喜歡聽音樂嗎？

　　Pierre y Miyuki: No, no _____ escuchar música. 不，我們不喜歡聽音樂。

2. Conteste las siguientes preguntas. 請回答以下問題。

Ejemplo

例：A: ¿Le gusta nadar a Pierre? Pierre 喜歡游泳嗎？

　　B: Sí, a Pierre le gusta nadar. 對，Pierre 喜歡游泳。

(1) A: ¿Qué deportes le gustan a Silvia? Silvia 喜歡什麼運動？

　　B: _____

(2) A: ¿Le gusta bailar a Miyuki? Miyuki 喜歡跳舞嗎？

　　B: _____

(3) A: ¿Les gusta nadar a Frank y Fernando? Frank 和 Fernando 喜歡游泳嗎？

　　B: _____

(4) A: ¿Qué le gusta hacer a Hao Yun? Hao Yun 喜歡做什麼？

　　B: _____

10

(5) A: ¿A quién le gusta jugar tenis? 誰喜歡打網球？

   B: _____

(6) A: ¿A quién le gusta bailar? 誰喜歡跳舞？

   B: _____

(7) A: ¿Le gusta jugar bádminton a Miyuki? Miyuki 喜歡打羽毛球嗎？

   B: _____

(8) A: ¿A quién le gusta jugar con la mascota? 誰喜歡跟寵物玩？

   B: _____

（二）Conteste las siguientes preguntas según su condición. 請依照您的真實情況回答問題。

(1) A: ¿Te gusta bucear? 你喜歡潛水嗎？

   B: _____

(2) A: ¿Te gusta tocar guitarra? 你喜歡彈吉他嗎？

   B: _____

(3) A: ¿Te gusta escuchar música? 你喜歡聽音樂嗎？

   B: _____

(4) A: ¿Qué deporte te gusta? 你喜歡什麼運動？

   B: _____

(5) A: ¿Qué te gusta hacer? 你喜歡做什麼？

   B: _____

(6) A: ¿Qué no te gusta hacer? 你不喜歡做什麼？

   B: _____

10

（三）Traduzca las siguientes frases. **請翻譯以下句子。**

(1) 你要跟我潛水嗎？

_____

(2) 你要跟我看棒球嗎？

_____

(3) 您要跟我看電影嗎？

_____

(4) 您要跟我跳舞嗎？

_____

(5) 您喜歡什麼運動？

_____

（四）Imite la siguiente presentación, sustituya las partes
subrayadas para crear su propia presentación.
**請模仿下面這段自我介紹，將畫底線部分代換，改寫成
自己的自我介紹。**

Soy Hao Yun. 我是 Hao Yun。

Soy taiwanesa, de Hsinchu. 我是台灣人，從新竹來的。

Hablo 5 idiomas, chino, español, inglés, francés y un poco de japonés.

我會說五種語言，中文、西班牙語、英語、法語、和一點點日語。

Soy maestra de español y chino. 我是西班牙語老師和華語老師。

Me gusta montar bicicleta, viajar, jugar con mis perras y aprender cosas nuevas.

我喜歡騎腳踏車、旅行、跟我的狗玩和學習新的東西。

10

memo

Anexo 附錄

Anexo 1 附錄一
Presentación 自我介紹範例

＊本附錄融合本書十課的內容，組合成一篇基礎的西語自我介紹。以下是作者
洛飛南老師的自我介紹範例，您讀完範例後，只要將劃線的字換成您個人的
資訊，便成為您自己的自我介紹了。

Información Básica 基本資料

› ¡Hola! 大家好。

› Me llamo Fernando, soy de Guatemala. No soy de España.

　我叫Fernando，我是從瓜地馬拉來的，不是從西班牙來的。

› Tengo 47 años y soy maestro de español. 我47歲，我是西班牙語老師。

› Hablo cuatro idiomas. Hablo español, inglés, chino y un poco de japonés.

　我會說4種語言，西班牙語、英語、中文和一點點日語。

› No hablo coreano ni ruso. 我不會說韓語和俄羅斯語。

› Mi cumpleaños es 19 de febrero. 我的生日是2月19日。

› Vivo en Hsinchu. Estoy ocupado. 我住在新竹，我很忙。

Rutina Diaria 生活行程

› A las ocho de la mañana como pan y tomo café. 早上8點我吃麵包、喝咖啡。

› A la una de la tarde como arroz, carne de res y tomo jugo.

　下午1點我吃飯、牛肉、喝果汁。

› A las siete y media de la noche como fideos, pollo y tomo té.

　晚上7點半我吃麵、雞肉、喝茶。

› No quiero comer gambas. 我不要吃蝦。

› Me gustan la fruta y el pastel. No me gustan el chocolate ni el helado.

　我喜歡水果和蛋糕，我不喜歡巧克力也不喜歡冰淇淋。

- Los lunes, miércoles y sábados voy al gimnasio a las diez de la mañana.

  星期一、三、六早上10點我去健身房。

- Los martes salgo de la casa a las nueve de la mañana, llego a la oficina a las nueve y veinte de la mañana. 我星期二早上9點離開家，9點20分到辦公室。

- Salgo de la oficina a las siete de la noche y llego a la casa a las siete y media de la noche. 我晚上7點離開辦公室，7點半到家。

- Me gusta ir al parque a jugar con mis perras los domingos por la tarde.

  星期天下午我喜歡去公園跟我的狗玩。

- Voy al parque en coche. 我開車去公園。

El Pasatiempo y Las Preferencias 興趣、喜好

- Me gusta leer, ver películas, ir al gimnasio, jugar fútbol y pasear al perro.

  我喜歡閱讀、看電影、去健身房、踢足球、遛狗。

- No me gusta jugar baloncesto. 我不喜歡打籃球。

- ¿Quieres jugar fútbol conmigo? 你要跟我一起踢足球嗎？

*以下將需要代換的個人資訊部分挖空，請您試著填上自己的資訊，練習您個人的自我介紹！

Información Básica 基本資料

> ¡Hola! 你好。

> Me llamo _____, soy de _____. No soy de _____.

  我叫_____，我是從_____來的，不是從_____來的。

> Tengo _____ años y soy _____.

  我_____歲，我是_____（職業）。

> Hablo _____ idiomas. Hablo _____, _____, _____ y un poco de _____.

  我會說_____種語言，_____語、_____語、_____和一點點_____。

> No hablo _____ ni _____. 我不會說_____和_____。

> Mi cumpleaños es_____ de_____. 我的生日是_____月_____日。

> Vivo en _____. Estoy _____. 我住在_____，我很_____。

Rutina Diaria 生活行程

> A las _____ de la mañana como _____ y tomo_____.

  早上_____點我吃_____、喝_____。

> A la _____de la tarde como _____, _____ y tomo_____.

  下午_____點我吃_____、_____、喝_____。

> A las _____ de la noche como _____, _____ y tomo _____.

  晚上_____點我吃_____、_____、喝_____。

> No quiero comer _____. 我不要吃_____。

> Me gustan _____ y _____. No me gustan _____ ni _____.

  我喜歡_____和_____，我不喜歡_____也不喜歡_____。

> Los _____, _____ y _____ voy _____ a las _____.

  星期_____、_____、_____早上_____點我去_____。

> Los _____ salgo de la _____ a las _____ de la _____, llego a _____ a

las _____ de la _____.

我星期_____早上_____點離開_____，_____到_____。

▷ Salgo de _____ a las _____ de la _____ y llego a _____ a las _____ de

la _____. 我_____點離開_____，_____點到_____。

▷ Me gusta ir _____ los _____. _____我喜歡去_____。

▷ Voy al _____ en _____. 我_____去_____。

El Pasatiempo y Las Preferencias 興趣、喜好

▷ Me gusta _____, _____, _____, _____, _____.

我喜歡 _____、_____、_____、_____、_____。

▷ No me gusta _____. 我不喜歡 _____。

▷ ¿Quieres _____ conmigo? 你要跟我一起 _____嗎？

Anexo 2　附錄二
Preguntas básicas al conocer a una persona. 認識新朋友（搭訕）時聊天不冷場的問題清單

Información Básica　基本資料

1. ¿Cómo estás? 你好嗎？

2. ¿Cómo te llamas? 你叫什麼名字？

3. ¿De dónde eres? 你從哪裡來？／你是哪國人？

4. ¿Eres de aquí? 你是這裡人嗎？

5. ¿Eres de Taiwán? 你是台灣人嗎？

6. ¿Hablas español? 你會說西班牙語嗎？

7. ¿Hablas chino? 你會說中文嗎？

8. ¿Trabajas o estudias? 你在工作還是在念書？

9. ¿Eres ingeniero? 你是工程師嗎？

10. Soy maestro de español, ¿y tú? 我是西班牙語老師，你呢？

11. ¿Dónde trabajas? 你在哪裡工作？

12. ¿Cuántos años tienes? 你幾歲？

13. ¿Cuál es tu número de teléfono? 你的電話幾號？

14. ¿Cuándo es tu cumpleaños? 你的生日是什麼時候？

El Pasatiempo y Las Preferencias　興趣、喜好

15. ¿Qué deporte practicas? 你做什麼運動？

16. ¿Te gusta jugar béisbol? 你喜歡打棒球嗎？

17. Me gusta correr, ¿y a ti? 我喜歡跑步，你呢？

18. Me gusta la paella, ¿y a ti? 我喜歡西班牙海鮮飯，你呢？

19. ¿Qué te gusta comer? 你喜歡吃什麼？

20. ¿Te gusta comer pasta? 你喜歡吃義大利麵嗎？

21. ¿Qué bebida te gusta? 你喜歡什麼飲料？

22. ¿Te gusta el chocolate? 你喜歡巧克力嗎？

23. ¿Tienes coche? 你有車嗎？

Situación Actual 當下情境

24. ¿A dónde vas? 你要去哪裡？

25. ¿Tomas el tren? 你搭火車嗎？

26. ¿Qué hora es? 現在幾點？

27. ¿A qué hora sale el tren? 火車幾點開？

28. ¿Dónde está la parada de autobús? 公車站在哪裡？

29. ¿Tienes frío? 你冷嗎？

30. ¿Te gusta este bar? 你喜歡這個酒吧嗎？

附錄

國家圖書館出版品預行編目(CIP)資料

我的第一堂西語課QR Code版 / 游皓雲、
洛飛南（Fernando López）著
--修訂初版-- 臺北市：瑞蘭國際, 2019.11
224面；19×26公分 -- (外語學習；67)
ISBN：978-957-9138-47-5（平裝）
1.西班牙語 2.讀本

804.78   108017103

外語學習 67

我的第一堂西語課 QR Code 版

作者｜游皓雲、洛飛南（Fernando López）
責任編輯｜潘治婷、王愿琦
校對｜游皓雲、洛飛南（Fernando López）、王愿琦

西語錄音｜游皓雲、洛飛南（Fernando López）
錄音室｜純粹錄音後製有限公司
封面設計｜余佳憓
版型設計、內文排版｜陳如琪
美術插畫｜Syuan Ho

瑞蘭國際出版
董事長｜張暖彗 · 社長兼總編輯｜王愿琦
編輯部
副總編輯｜葉仲芸 · 主編｜潘治婷
設計部主任｜陳如琪
業務部
經理｜楊米琪 · 主任｜林湲洵 · 組長｜張毓庭

出版社｜瑞蘭國際有限公司 · 地址｜台北市大安區安和路一段104號7樓之1
電話｜ (02)2700-4625 · 傳真｜ (02)2700-4622
訂購專線｜ (02)2700-4625 · 劃撥帳號｜ 19914152 瑞蘭國際有限公司
瑞蘭國際網路書城｜ www.genki-japan.com.tw

法律顧問｜海灣國際法律事務所　呂錦峯律師

總經銷｜聯合發行股份有限公司 · 電話｜ (02)2917-8022、2917-8042
傳真｜ (02)2915-6275、2915-7212 · 印刷｜科億印刷股份有限公司
出版日期｜ 2019 年 11 月初版 1 刷 · 定價｜ 450 元 · ISBN｜ 978-957-9138-47-5
　　　　　 2024 年 07 月二版 2 刷

PRINTED WITH
SOY INK 本書採用環保大豆油墨印製